書下ろし

水を出る

軍鶏《しゃも》侍④

野口 卓

祥伝社文庫

目次

道教え

一

「武左衛門《ぶざえもん》……か」

不明瞭《ふめいりょう》ではあったがそう聞こえた。

居あわせた男たちは、困惑顔になった。なにかを言いかけて口を噤《つぐ》んだり、目を閉じて思いに耽《ふけ》ったり、一座の人々の顔を次々と見廻したりする。でありながら、だれもが黙ったままであった。

「おお、七尾大五郎《ななおだいごろう》」

全員の視線が声の主に注がれた。

日向主水《ひゅうがもんど》はたしかにそう言った。そしてかれらは、閉じられたままだった主水の目が、いつの間にか開かれていたのを知ったのである。ただし、薄い膜がかかったようで、焦点もあってはいない。

二十人近い男たちは役職のちがいはあるが、全員が日向道場で学んだ弟子《でし》であった。主水の養子となって道場を継いだ小高根大三郎《おだかねだいさぶろう》から、師匠《ししょう》が重篤《じゅうとく》だと聞き、個々に、あるいは申しあわせて、見舞いに来たのである。

普段は客間として使われている表の八畳間に、主水は寝かされていた。六畳間との境の襖《ふすま》は開けられていたが、二十人もの男たちが蒲団《ふとん》を取り囲むと、さすがに狭苦しく感じられる。

つい最前まで、主水は眠っていた。扁平《へんぺい》な顔は土気色をして、肉もげっそりと落ちている。掛けられた蒲団が、長い時間をかけて微《かす》かに上下していたが、でなければ息を引き取ったとしか思えない。現に遅れて来た見舞客は、寝かされた主水と蒲団を取り巻く押し黙った男たちを見て、死に目に会えなかったと勘ちがいしたほどである。眠っていた主水が意識を取りもどして、最初に発したのが「武左衛門……か」であった。

馬野《まの》武左衛門は、主水の初期の弟子中で三本の指に数えられる剣士である。普請《ふしん》奉行支配の、石垣奉行の三男坊であった。藩士生え抜きとしては、初の剣術師範になれるのではと期待されたが、通例に倣《なら》って師範は外部から招いたので、残念ながらその役には就《つ》けなかった。四十になるかならぬかで、病没している。

七尾大五郎も三本の指の一人であった。蔵奉行支配の検地役の五男であったが、ちいさな藩で名をあげても意味がないと言い捨て、江戸に出ている。しかし、数年で連絡は途絶えてしまった。

馬野武左衛門、七尾大五郎とくれば次は尾方吟二郎《おがたぎんじろう》か、とだれもが思い浮かべたとき、

「晋兵衛《しんべえ》だな」

主水はそう言ったが、晋兵衛がだれかを、すぐに思い浮かべることができた者はいなかった。

「シンベエ？　はて、だれなのか。なにシンベエ、なのだ」

訳がわからずに、顔を見あわせるだけである。そのとき、

「先生、わかりますか。大三郎です。小高根大三郎です」

主水にすがり付いて、いささか乱暴にすぎるのではないかと思えるほど強く揺さぶったのは、現道場主であった。大三郎は未だに、父上ではなく先生と呼び、道場名も小高根道場とせず、日向道場のままにしていた。

病人がわずかに顔を大三郎に向けたが、その目に霞《かすみ》のようにかかっていた薄い膜が、次第《しだい》に薄れていくのがわかった。やがて焦点もあったようだ。

「大三郎か」

「はい。大三郎です」

「大三郎だな」

「はい、先生。大三郎ですよ」

にっこりと笑い、何度もうなずいていた大三郎は、やがて退《しりぞ》くと、隣にいた岩倉源《いわくらげん》太夫《だゆう》を目顔でうながした。

「先生。岩倉です、おわかりですか」

「おお、新八郎《しんぱちろう》か。来てくれたのか」

主水は源太夫を、道場時代の名で呼んだ。かれは胸が詰まって言葉にならず、何度もうなずくことで師匠に応えた。そのとき、だれかが背中を軽くつついたので振り向くと、中老の芦原讃岐《あしはらさぬき》が交替しろと急《せ》かしていた。

「ヘボの弥一郎《やいちろう》ですよ、先生」讃岐は自分から、道場時代の名を名乗った。「お忘れでしょうね」

「芦原だな。だれが忘れるものか」

続いて、藩校「千秋館《せんしゅうかん》」の責任者になった盤睛池田秀介《ばんせいいけだしゅうすけ》である。さらには須走《すばしり》兵馬《ひょうま》というぐあいに、蒲団を取り巻いた弟子たちが次々と名乗って、ほぼ全員が終えたところに訪《おとな》いがあった。

声のしたほうを見ると、茫然《ぼうぜん》自失の態《てい》の戸崎喬之進《とざききょうのしん》が突っ立っていた。かれはその場の雰囲気から、臨終の場に間にあわなかったのだ、と勘ちがいしたらしい。だが、すぐにそうではないと覚《さと》ったようだ。

　小高根大三郎にうながされて枕上《まくらがみ》に膝《ひざ》を突くと、喬之進はじっと主水の顔を、老いて病んだかつての師匠の顔を見詰めたが、言葉は出てこなかった。

「戸崎だな。よう来てくれた」

「先生！」

「おまえを破門にしたのは、わしの生涯《しょうがい》で、最大の誤りだった。許してくれ」

「戸崎は、……戸崎喬之進は、破門されてもずっと先生の弟子でした」

「そうか。許してくれるのか」

「許すもなにも」

　絞り出すようにそう言った喬之進は、膝を使って後退すると、くるりとうしろを向いてしまった。そして懐紙を出して顔を被《おお》い、両手で目鼻口を押さえて激しく肩を上下させ、全身をおおきく震わせた。

　全員との対面がすむと、大三郎は主水の背中に腕を廻して、ゆっくりと上体を斜めに起こした。そして、師匠の乾ききった唇に吸呑《すいのみ》をあてがった。

　ほんの少しの水を呑んだだけで、もういいとでも言いたげに、主水は首をかすかに振った。大三郎は主水を静かに寝かせた。

「お疲れになられたでしょう。しばらくお寝《やす》みください」

かれが声を掛けたときには、主水はすでに寝息を立てていた。

「これで、少なくとも二刻（約四時間）はお目覚《めざ》めになりません。ですがこの場で酒盛りはなんですので、道場のほうに移っていただけませんか。道場での飲酒は禁止されていますが、全員がお弟子さんですので、先生も許してくださるでしょう」

「そいつはいい。これだけの顔がそろうことは、めったにないからな」

大三郎の言葉にだれかが同意すると、すかさず芦原讃岐が言った。

「三十何年振りかの懐かしい道場だ。酒なんぞ飲むより、稽古《けいこ》でひと汗流したいところだが」

人一倍稽古嫌いだった芦原の言葉に、だれもが笑いを含んだ顔になった。

「ほかならぬ弥一郎だけに、妙に説得力がある」

おなじくらい稽古嫌いだった池田盤睛がそう言うと、笑いが拡がった。

主水が思っていたよりも元気で、古い弟子たちの顔や名前もわかるほどしっかりしていたため、安心したせいもあるのだろう。道場仲間だったころを思い出して、懐かしさが蘇《よみがえ》り、和気藹々《あいあい》と冗談《じょうだん》も飛び出した。

二

——それにしても、これほど狭かったとはな。

日向道場は母屋《おもや》と道場が鉤《かぎ》の字形に建てられ、ちいさな庭が付いているだけであった。だが、個人の道場であれば、そんなものかもしれない。源太夫の岩倉道場は、藩士とその子息教導を目的に藩主が建ててくれたこともあって、敷地も道場もゆったりとしている。

かつての弟子たちは、道場の板の間に車座になって坐《すわ》った。二十人近くがゆったりと胡坐《あぐら》をかいたので、けっこうおおきな輪ができた。五基の燭台《しょくだい》が、面々の顔を照らし出している。

大三郎が主水の厳格さを引き継《つ》いだからだろう、道場は清掃が行き届き、床も黒光りしていた。

「技を磨くまえに心を磨け」

だれかがそう言うと、打てば響くようにべつの声が応じた。

「心を磨くまえに床を磨け」

「思えば師匠は厳しかったなあ」

「あのころおれは、床ばかり磨いていたような気がする」

「それが、今のおまえを作りあげた」

「褒《ほ》めておるのか、貶《けな》しておるのか」

遣《や》り取りに好意的な笑いが起きる。

──おれの弟子たちも、いつかこのような冗談を、言い交わすようになるのだろうか。

そう思って見なおすと、どの顔にも若き日の面影《おもかげ》が残っていた。

──歳を取るのも、案外といいものかもしれん。

一升徳利が三本、盆には何十という盃《さかずき》や湯呑茶碗が載せられていた。おのおのが好みの器を選んだ。讃岐が手にしたのは有田《ありた》、盤晴が九谷《くたに》であった。源太夫が選んだのは野趣に富んだ備前《びぜん》である。

五つの大皿には蒟蒻《こんにゃく》や野菜の煮付け、さらには香の物の皿がいくつも用意されている。

「本日はご多忙のところお集まりいただき、本当にありがたく存じます。先生のお元気なうちに、ぜひ会っておいていただきたいと思いまして」

「いや、もっとお悪いのかと思っておったのだが」

　だれかがそう言うと、別の者が同意した。

「考えていたよりもお元気なので、安心したところだ」

「あるいは、お気付きになられたお方もおいでかもしれませんが、馬野さまと七尾さまのお名前を」

「ああ、馬野武左衛門、七尾大五郎ときたから、次は当然、尾方吟二郎と思ったのだ。日向道場草創期の三羽烏《さんばがらす》だからな」

　源太夫がそう言うと何人もがうなずいた。

「それが晋兵衛だな、ときたものだから、肩透《す》かしを喰らった気がした」

「尾方吟二郎さまは、高齢になられましたがご健在です」

　大三郎の言ったことを理解するには、しばらく時間が必要であった。かれらは、ハッとして、またもや顔を見あわせた。

「すると……」

「……まさか」

　言いかけた者も、言葉を飲んでしまう。

「先生が話し掛けられた、いや、お答えになられたのは、亡くなられた方ばかりなのです」

大三郎は全員を見廻すと、おおきくうなずいた。

「では晋兵衛というのも」

「わたしは存じあげなかったのですが、水野《みずの》晋兵衛どのと申されます。将来を嘱望《しょくぼう》されたたいへんな逸材だったそうですが、十七歳で夭折《ようせつ》されました」

連絡を受けて集まった顔触れは、ほとんどが日向道場では兄弟子に当たる。そのため、大三郎の態度は控え目で、言葉遣いも礼儀正しかった。

だれかが溜息《ためいき》とともに言った。

「死人《しびと》ばかり、か」

「それも、見えているらしいのです」

なにを言い出すのだと、だれもが怪訝《けげん》な表情になった。大三郎は続ける。

「それだけではありません。死者に呼び掛けられると、答えておられます」

「そんな……、まことか」

「はい。ところで、わたしが先生を揺り起こして、大三郎ですと申しましたが」

「おれのことも、新八郎か、とおわかりだったぞ」

源太夫がそう言うと、芦原讃岐もおおきくうなずいた。

「ヘボの弥一郎と、あのころの渾名《あだな》を言ったら、芦原だなとおっしゃった。芦原と苗字でな」

そこでかれらはまたしても、道場仲間の顔を見廻した。

「目に膜がかかったようなときには、先生にお見えなのは、亡くなられた方ばかりなのです。弟子だけでなく、知音《ちいん》や親類の方などですが、お元気な方の名は、いっさい呼ばれません」

「それで、……われらを」

「はい」少し間を置き、言いにくそうに大三郎は続けた。「お迎えがまいるとの言葉がありますが」

「そんな馬鹿な」

「わたしもそう思います。ところが、先生は呼び掛けに、返辞をされるのです」

しかもそれが、次第に多くなってきたのである。主水が死人の呼び掛けに応じ、しかもその数が増えるばかりなので、大三郎は不安になったのだ。向こう側の数が多くなり、ほどなく連れ去られてしまうのではないだろうか、と。

杞憂《きゆう》であればいいとねがいながらも、万が一のことを考え、かつての主水の弟子たちに声を掛けた、ということのようだ。なるべくおなじ時期に学んだ弟子たちに集まってもらおうと、二十人くらいずつに分けて、何日か置きに来てもらっているとのことである。

　今日の顔触れも、ほとんどがともに道場で汗を流した相弟子であった。須走兵馬と戸崎喬之進はひと廻りほど下の世代になるが、互いによく知っている。

「しかし、そんなことがあるだろうか」

「あるだろうかもなにも、見てしまったからなあ」

「わたしもまさかとは思いました」と、大三郎は複雑な表情になった。「初めは気にならなかったのですが、ある日、突然、気が付きましてね。膜がかかったような目のときには、朦朧《もうろう》とされているのです。そして呼び掛けに答えておられる。まるで死んだ相手が目のまえにいるかのように、です。それがわかったときには、信じられぬ思いと同時に、ぞっとしたのを覚えています」

「すると、膜がかかっていないときには」

「わたしと、わたしの弟子たちの名前、現に先生の目のまえにいて、わたしにも見えている者の名しか呼ばれません」

「お迎えが来る、というのは本当なのだろうか」

　盤晴がそう言うと、讃岐は苦笑しながら首を振った。

「学者らしからぬ言葉だな。人は死ねばそれまでだ。土に還るのではないのか」

「わたしもそう思っておりました、魂《たましい》が体に宿るとするならば、滅した体に留まれるはずがないと」大三郎は言いながらも、首を傾げた。「とすれば、先生はだれに答え、だれに話し掛けていたのでしょう」

「心の裡《うち》に浮かぶだれかだろう」

「心に思い浮かべるだけで、生きている者と死んだ者を、区別できるものでしょうか。いや、先生には当然できるでしょうが、いちいち生者と死者を分けたりなさるとは思えません」

小高根大三郎はそう言ったが、たしかに難問である。

大三郎は答が出せなかったので、われわれを呼んだのではないだろうか、と源太夫は思った。答が出せないだけでなく、自分の胸に仕舞っておくにはおおきすぎ、重すぎて耐えられなかったのかもしれない。

いや、それよりも、あとに悔いが残らぬよう、師匠が息災なうちに、弟子たちに別れを告《つ》げてもらいたいと考えたにちがいないのだ。

「それにしても、よう報《しら》せてくれた」

中老の芦原讃岐が、全員を代表するように大三郎に頭をさげると、ほかの者もそれに倣った。

「小高根は先生の弟子であり、義理とは言え子でもある。深い縁《えにし》で結ばれておるのだ、このあとのことはくれぐれもよろしく頼む」

「わかっております。お任せください」

「下駄の師匠、破門先生のことだ。まだまだ病魔には、負けぬとは思うがな」

「そうだそうだ」

師匠の渾名が出たということは、弟子たちにもいくぶん余裕ができたからだろう。

「湿った話では、先生も喜ばれぬ。さあ、飲むとしよう」

「酒はこれだけではございません。たっぷりと用意してありますので」

大三郎の言葉にその場は急に活気付き、そこかしこで笑いが弾けた。それはだれもが、師の最期《さいご》がさほど先でないことを、感じているからかもしれなかった。

――師匠とはもう、話しあうことはできないだろう。

よくぞあの日、芦原讃岐、池田盤睛とともに、師匠と語りあいの場を持てたものだと思う。

ふた月ほどまえのことで、日向主水はそれほど多くはないが酒も飲んだし、豪放に笑いもしたのであった。

三

プーンというかすかな音に気付いた源太夫が、歩みを止め、少し前方の地面に目をやると、やはりそいつはいた。

ハンミョウだ。斑猫と書く。

源太夫のほうを向いたハンミョウは、細くて長い六本の脚を踏ん張って支えた体を、わずかに上下に揺らせていた。

カブトムシ、クワガタ、カナブン、オサムシなど、いわゆる甲虫のほとんどは、鞘《しょう》翅《し》と呼ばれる硬い前翅で背を被われている。その下に折り畳んだ後翅を拡げて飛ぶために、ブーンと重い羽音がした。がっちりした体格のカブトムシなどはかなりおおきい音を立てるが、ハンミョウの羽音は注意しないと聞こえないくらい弱かった。

甲虫の胴体は扁平でおおきく、脚は短いのが一般的だ。ところがハンミョウは、脚だけでなく、体も細長かった。体長は触角を入れても一寸（約三センチメートル）くらいとちいさく、頭から尻までは七分（二センチメートル強）くらいしかない。

さらに全身があざやかな色をしているのが、黒や茶系が多い甲虫としては、珍しいと言えるだろう。体形だけでなく、色の面からもハンミョウは軽やかであった。頭部は金属光沢《こうたく》のある緑色で、背中は天鵞絨《ビロード》状の黒紫に白い斑点がある。胸と背の中央部には赤い横帯が入っており、腹部も金属光沢の青緑色であった。

源太夫が踏み出すと、ハンミョウはまるで体重を感じさせぬほど軽々と空中に浮かび、プーンと軽くて弱々しい羽音をさせた。音が消えたと思うと、二間（約三・六メートル）ほど先の、赤土混じりの路面に降りている。かれのほうを向いて、わかるかわからないほど体を上下させていた。

律義《りちぎ》なやつだな、と思いながら一間（約一・八メートル）ほどに近付くと飛び立ち、少し先で源太夫に正対して着地するのであった。厭《あ》きることなく、それを繰り返すのである。

岩倉道場を出て、調練の広場を左に見ながら東に進み、ほどなく巴橋《ともえ》を渡る。常夜燈の辻を過ぎ、少し歩いてから城山の麓《ふもと》を巻くように迂回《うかい》して、寺町《てら》の手前で緩い坂をおりて行く。すると日向道場が見えてくる。ハンミョウに遭遇したのは、赤土混じりのその坂道であった。

——昔を思い出すな。

日向道場に通っていた少年の日々、この虫に導かれるように、あとを追って行くと、いつの間にか道場の門にたどり着いていた。そしてその日もおなじように、道場にたどり着いたのである。

若い弟子でなく、道場主の小高根大三郎がやって来たのは、五日まえのことであった。

義父《ちち》の主水が、岩倉源太夫、芦原讃岐、池田盤晴のお三方と飲みたいと、わがままを申しまして、と大三郎は笑いに紛《まぎ》らわせるように弁解した。

二人がすでに了承したとなると、源太夫だけが断る訳にはいかない。それよりも、久し振りにかれらと語りあいたかった。三人で、主水を含めて四人で語ったのは、随分と以前になる。懐かしさがこみあげてきた。

時刻は八ツ（午後二時）だという。これまでにも、呼ばれたり押し掛けたりしたことはあったが、常に夜であった。

讃岐は中老、盤晴は藩校千秋館の責任者である教授方、源太夫は道場のあるじである。三人とも、日中は簡単には時間を作れない立場にあった。わかっていながら、その時刻を指定してきたということ、さらには大三郎を寄こしたのも、それだけ主水の気持が強いからだ。讃岐と盤晴が応じたのも、それがわかっているからだろう。

門を入ると植えこみがあり、表座敷は開け放たれていた。源太夫が最後だったらしく、三人の話し声が聞こえてきた。

「先生、庭から失礼いたします」

柴折戸《しおりど》を押して植えこみのある狭い庭に入りながらそう言うと、源太夫の声に主水のおおきな声が応じた。

「おう、待っておったぞ」

縁先の沓脱《くつぬぎ》の傍に、水を満たした桶、洗足盥《すすぎだらい》、畳まれた雑布が用意されている。

源太夫は足を濯《すす》ぎ、ていねいに拭《ふ》きながら、だれにともなく声を掛けた。

「久し振りに、懐かしいものを見ましてね」

源太夫がそう言うと、三人が弾けたように笑った。なおも笑いながら盤睛が言った。

「それ、ごらんなさい。わたしの申したとおりでしょう」

訳がわからぬという顔の源太夫に、讃岐が説明する。

「ハンミョウだろう。先生とその話をしているところに、盤睛が顔を見せてな、いやあ、懐かしいものを見ましたよ、ときた」

「そこへ遅れて来たわたしが、懐かしいものを見ました、と」

なるほど、それなら三人が笑うのもむりはない。

「一人目は、つまりわしだがな、一人目はいくら感傷に耽《ふけ》ってもかまわん。二人目もなんとか許せる範囲だ。だが、三人目となると、これは滑稽《こっけい》でしかないからな。笑うほかなかろう」

讃岐にそう言われると、源太夫としては苦笑するしかない。

「おなじことを言っても、損な役廻りだ」

「それにしても愉快ではないか」と、主水が言った。「弟子の中でも、これほど似通ったところのない者はおるまいと思うておった三人が、そろいもそろって、言いも言ったり。久し振りに、懐かしいものを見ましてね、だからな」

「そういうことですか。しかし道場に来る途中の、赤土混じりの緩い坂には、昔からハンミョウが多いですな。もしかすると」

源太夫が言い掛けると、あとを讃岐が続けた。

「われわれをここに連れて来たのは、おなじハンミョウだったのかもしれん、などと言わんでくれよ。わたしと弥一郎を、との話題もすでに盤睛が使ってしまったからな」

「まあ、そう出鼻を挫《くじ》くな。新八郎がなにも言えなくなるではないか」と、盤睛が独特の間延びした言い方で、「ということで、ハンミョウ談義に花が咲き始めたところに、源太夫が着到したというわけなのだ」

「ハンミョウ談義とは、これまた珍にして妙であるな」

「ハンミョウがハンミョウたる所以は」と、主水が言った。「常に的確な距離を保つこと、適切な距離を取り続けることにあると、学者先生が宣《のたも》うたところでな」

「おなじことを言っても」と、源太夫はぼやいた。「盤睛が言うと深遠な響きを持ち、拙《せつ》が言うと笑いの種にしかならん」

「それはしょうがないわな」と、主水が言った。「言葉の背後には、その人物の生涯が控えておるのだから」

「となると、わたしの生涯は笑うだけの価値しかない、ということになりますね」

「ん？　それはいささか短絡にすぎんのではないか」

主水の言葉に、讃岐が首を振った。

「どうして、的を射ていますよ。本人にも案外とわかっているのやもしれません。とぼけた振りをしてはいますがね」

どっと笑いが弾けたところに、小高根大三郎と妻女が肴《さかな》の盛られた皿を持って現れた。

「義父上《ちちうえ》がこのようにお笑いになられるのは、久し振りでございますね」

る。

大三郎がそう言うと、妻女も笑顔でうなずいた。養子になってから娶《めと》った妻である。

「みなさまお忙しいので、おいでいただけるかどうかと、義父はとても気にしておりました。本当にありがとうございました」

「それでは、どうかごゆるりと」

頭をさげて二人が去ると、自然と皿に箸《はし》が伸びた。

質よりは量に重きを置いたようで、皿に山盛りとなったのは、根菜を煮付けたもの、園瀬《そのせ》の里でドモと呼ばれている、鯊《はぜ》の仲間の甘露煮などであった。

ドモは頭が大きくて骨が硬く、身が少ない雑魚である。よほど飢《う》えた猫でもないかぎり、見向きもしないこの魚を、園瀬の里人は工夫して上手に食べていた。

茶殻をたっぷりと入れた土鍋で、とろとろと長時間煮ると骨までやわらかくなる。それを酒と少量の砂糖、粉山椒《こなさんしょう》、さらには醬油《しょうゆ》で煮付けると、農繁期などには貴重な保存食となるし、酒の肴としても好まれた。百姓や町人だけでなく、禄の少ない武家でも重宝していたのである。

四

しきりと口をもぐつかせていた主水が、咀嚼《そしやく》をやめて一点を注視した。

「いかがなさいましたか、先生」

盤睛の声に、源太夫も讃岐も主水を見た。いかにも嬉《うれ》しくてならない、という顔をしている。

「新八郎、弥一郎、秀介。おまえたちは、いいハンミョウになったな」

「ハンミョウ、……ハンミョウですか」

「ああ、そうだ。ハンミョウだ」

「わたしたちが、道場に来るまでに、坂道で見てきた、あの」

「ハンミョウに、あのも、このも、ない」

と、主水は澄ましている。

「人が近付いたら飛び立って」

「二間ほど先で地面におりて、それもおいでおいでをするように、こっちを向いて」

「近付いたら、飛び立つのに、決して逃げようとしない」

芝居の割台詞《わりぜりふ》のように三人が言うと、

「全部、今言った中に出ておるであろう」

主水がそう言ってにやりと笑ったので、かれらは自分たちが喋《しゃべ》った言葉を思い浮かべた。師匠に、「弟子の中でも、これほど似通ったところのない者はおるまい」と言われたばかりである。その三人が、なぜにハンミョウだと言われるのだろうか。

「ハンミョウには別名があってな」

主水に言われて、源太夫は思い出したのである。

「道教え、でしたね」

「よく知っておったな。そう、道教えだ。道しるべとも言われておる」

まだ子供のころ、源太夫は下男の権助《ごんすけ》に教えられたのであった。

「権助、おもしろい虫がおるぞ」

「気が付かれましたか、新八郎若さま」と、下男は言ったが、かれが気付くのを待っていたようであった。「ハンミョウでございますよ。飛び立ってもすぐに地面に降りて、こっちを向いておいでおいでをしているようでございましょう。傍に行くと飛び立って、少し先でおいでおいでを始めます。ハンミョウに従うと、自分の行こうとしているところに、行き着けるそうです。そのため、道教えとも呼ばれておりましてね」

　――そうか、このことを師匠は言いたかったのか。

　それにしても少年時代、いかに多くのことを権助に教えられたことか。あるいは藩校でよりも、権助に教わったことのほうが多かったかもしれない。

「なにをにやにやしておる。弟子のころとちっとも変わらんな、新八郎は」

「もう、三十年近く経《た》っていますよ。ちっとも変わらないと言うことは、まるで進歩がない、ということですか」

「なるほど、そういうことになるな」

　主水が言うなり、讃岐と盤晴が声をあわせて言った。

「なるほど、そういうことになるな」

　赤ん坊のような輪が手首に入るほど、顔も体もはち切れんばかりに丸々としていた讃岐は、中老という職の激務のためか、いささか凋《しぼ》んだ感があるが、年齢とともに風格が出てきたようだ。一方の盤晴は、目蓋《まぶた》が半分ほど垂れさがり、どことなく眠そうに見えるのは昔と変わらない。

　長四角い顔をした主水は、さらに目がちいさくなったように感じられた。その主水が遠くを見るような目になって、

「わしが道場を開いたのが二十五の歳であったから、ということは五十年にもなるのか。大三郎に譲ってからでも、かなりになる。歳を取るのもむりはない」

べつの面でも、源太夫はそれを感じていたのである。師匠の飲む量が、随分と減ったようだが、どこかお悪いのだろうか、と気になっていたのだ。

もともと、飲み始めると食べなかったが、もっと豪快に飲んでいたはずである。盃を口に運ぶ回数は多いのに、舐《な》めているのであろうかと思うほど、ほとんど減らない。まさに歳を取るのもむりはない、ということだろうか。

「わたしの生まれるまえから、道場で教えられていたのですね、先生は」

源太夫がそう言うと、讃岐が手をあげた。

「話が横道に逸《そ》れてしまったぞ。われら三人が、ハンミョウに、それもいいハンミョウになったと、先生は言われた」

「そうだが」と、これは盤睛である。「意味はもうわかっただろう」

「わからん」讃岐は源太夫を見た。「新八郎もわかったのか」

「当然だ。ただ、二人はともかく、おれがいいハンミョウだとは、とてもではないが思えんな」

「で、いいハンミョウとは」

「ひと言で言えばだな、常に手の届く少し先にいて、弟子を導けるかどうか、ということだろう」源太夫は、そこで改めて主水に確認した。「ですよね、先生」

「そういうことだ」と、主水は言った。「近すぎては、弟子は容易にわかって師を軽く見るので、うまく導くことは難しいし、離れすぎては弟子が意味を汲《く》み取れず、ついて来れん。などとわかったようなことを言うてはおるが、わしがそういうことを会得したのは、五十をすぎてからであった」

「先生に言われても、まるで理解できなかったことが、ある日、突然にわかることが、よくあります。あッ、これだったのか、と」

讃岐のことばに盤睛が、おおきくうなずきながら言った。

「ああ、それそれ。例えば、先生がこう言われた。一点を見ながら全体を見、全体を見ながら一点を見ろ、と。禅問答のようでさっぱりわからなんだし、まるで忘れていたのに、ある日講義をしていて、このことだったのだと、一瞬にしてわかったことがある」

「盤睛もか。わたしは道場を開いて二年ほど経ったときに、先生がおっしゃりたかったのはこのことかと、頭をガツンと殴られた思いがした」

「ただ、あの日」と、盤睛が考えをまとめるようにゆっくりと続けた。「一点を見ながら全体を見、云々《うんぬん》と言われ、もっとわかりやすく教えてくださいと先生に頼んで、説明してもらったとしても、おそらく理解できなんだのではないだろうか」

「親の意見と冷酒は後で効く、と言うでな」と、主水が言った。「ただ、わかりやすう説明してくれと言われても、わしにはできなんだと思う」

「と、申されますと」

全員の疑問を代表するように讃岐が言うと、主水は少し考えてから、

「一点を見ながら全体を見、全体を見ながら一点を見ろ。わしにとっては、それがすべてで、それ以上でも以下でもない。と言うか、説明のしようがない。いや、わしにはうまく説明できんのだ」

やや困惑気味の弟子たちの顔を見て、主水はいくらか寂《さび》しげ気な面持ちになった。

「つまり、わしはおまえたちのような、いいハンミョウではなかったということだ。離れすぎては弟子が意味を汲み取れず、ついて来れんと言ったが、それだな。随分と時間が経ってからでも、それに気付いたのは、おまえたちが優秀であったということにほかならない」

「ですが、先生」と、讃岐がどことなく曖昧《あいまい》な感じで言った。「二人がいいハンミョウだというのはわかります。新八郎は道場で弟子に教えていますし、秀介も藩校で弟

子たちを育ててきました」

「道場や藩校だけが教えの場ではない。弥一郎も立派なハンミョウだ。若い藩士に政《まつりごと》のあるべき姿を、政が民のためにあるべきだということを教え諭《さと》しておる。現今の藩の中枢は、先《せん》の筆頭家老稲川八郎兵衛《いながわはちろべえ》のころとは雲泥《うんでい》の差だと、だれもが言うておるぞ」

「教えるということは、本当に難しいと思いましたよ」と、源太夫はしみじみと言った。「わたしは師匠や兄弟子を見ておれば、おのずとわかるものだと思っておりました。だから弟子にもそのように接していたのですが」

「わかる者には、なにも言わずともわかる。だがそれはほんの一握りにすぎん」

「言わなければわかりませんね」

「言ってわかればいいほうだ」

主水がそういうと、だれもが思い当たることがあったのだろう、うんうんとうなずいたのである。

三人が三人とも、常日頃、悩んだり、納得したり、苦しんだり、そのようなことはいくらでもあったので、話は弾んで時間を忘れるほどであった。そして師匠の主水が、終始にこやかに笑いを絶やさなかったこともあり、師匠がなぜ自分たち三人を呼んだのかを失念してしまったのである。

心地よい酔いとともに、かれらが日向道場を辞したのは、もう日も暮れようという時刻であった。

源太夫が堀江《ほりえ》丁の屋敷にもどり、門を入ろうとすると、修一郎《しゅういちろう》と見送りのみつが、玄関から出て来るところであった。

「よいところに、おもどりになられました」

「父上、お帰りなさい」

「めずらしいな。その顔からすると、悪い話ではなさそうだ」

「はい、そうなんですよ」みつは源太夫にそう言ってから、修一郎を見あげた。「せっかくですから、少しはよろしいでしょう」

修一郎を表座敷に通し、みつは酒肴の用意を始めた。

「聞かせてもらおう」

「はい」と息子は間を置いたが、話したくてならないのである。「おそらく、もう大丈夫だろうと」

「すると」

源太夫が右手を腹のまえに出して上から下へ半円を描くと、「ええ」と答えて、修一郎もおなじように、右手で半円を描いて見せた。

「いやですよ、お二人とも。子供みたいなまねをなさって」

言いながらみつは、徳利と盃、そして茄子《なす》と胡瓜《きゅうり》の浅漬けの皿を、源太夫と修一郎父子のまえに置いた。

「あのことがあったのでようすを見ていたのですが、よ月をすぎましたので、もう心配ないだろうと」

「いや、よかった。そろそろとは思っていたのだが」

「本当によろしかったですね。布佐《ふさ》さん、二人目が欲しかったでしょうから」

「どちらが望みだ。男か女か」

「どちらであろうと、お元気でありさえすれば、ねえ」

「義母上《ははうえ》のおっしゃるとおりですよ」

そう言った修一郎は二十六歳で、妻の布佐は二十三歳、源太夫の後添えであるみつは三十二歳であった。

布佐がいるときはそれほどでもないが、六歳しかちがわない義母のみつを、あるいはみつと源太夫をまえにすると、修一郎はなんとなく落ち着かぬらしかった。その夜も四半刻（約三十分）ほどで、そそくさと帰って行った。

見送ってから、座敷にもどった源太夫とみつは、顔を見あわせると複雑な笑いを浮かべた。

「言いそびれてしまったな」

「はい」

「ますます言いにくくなる」

修一郎は十九歳で十六歳の布佐を娶り、翌年に長男の佐吉《さきち》が生まれた。

修一郎が二十二歳の年に、四十一歳の源太夫は二十八歳のみつと再婚し、三歳の市《いち》蔵《ぞう》を養子にしたのである。実はその年、布佐は身籠《みごも》ったが残念ながら流産していた。喜びがおおきかっただけに、哀しみも激しかった。

子供を産めない体だと思っていたみつは、源太夫に嫁《とつ》いだ翌年、幸司《こうじ》を産んで母となっている。

市蔵と佐吉が七歳、幸司が四歳になった今年、三十二歳のみつが懐妊したのである。二人目を亡くしていることもあるので、修一郎と布佐にそれを告げるのは気が咎《とが》めたが、いつまでも黙ってはいられない。四ヶ月がすぎて五ヶ月目に入ったので、さすがにそのままにしておけないと相談していたところに、修一郎が報告に来たのである。

「おまえさま、明日、お二人に報せてくださいね。遅れると遅れるだけ、言いにくくなりますから」

「そうは言うがなあ」

「布佐さんにお祝いを述べて、ついでのようにおっしゃれば、お二人は嬉しい最中《さなか》ですから、気になさいませんよ。少しは驚かれるかもしれませんが」

翌日夜、源太夫は修一郎夫妻を訪れたのである。

主水が病臥《びょうが》したと報されたのは、それから間もなくのことである。ほどなくかれらの師匠は、二度と起きあがることができなくなった。主水はそうなることを予感し、三人を呼ぶよう大三郎に命じたのだろう。

弟子たちがほぼ二十人単位で見舞い、園瀬にいる主水の弟子の全員が見舞いを終えて、旬日もせぬうちに師匠は大往生を遂《と》げた。

葬儀では師匠の思い出が語られ、頑固ながら涙もろく、ひたすら弟子の育成に専心した主水だけに、あちこちで故人を偲《しの》び懐かしんで話が弾んだ。

源太夫はいつの間にか、芦原讃岐、池田盤睛と話していたが、四人で最後に飲んだおり、主水が盃を頻繁に口に運ぶ割に、中身がほとんど減っていないことには、讃岐も盤睛も、やはり気付いていた。源太夫が黙っていたように、かれらもそのことには触れなかったのである。

五

道場に通う弟子たちは、まさに千差万別であった。人一倍努力し励んでいるのに、まるで伸びない者もいれば、非凡な能力を秘めながら、病気や家の事情で続けられない者もいた。

早くから才能を見せていたが、天狗《てんぐ》になって努力を怠《おこた》ったために、ぴたりと止まってしまった者もいる。反対に、地道に努力を重ねた結果、ちょっとしたきっかけで驚異的に上達した者もいた。

次三男坊では、せめて剣の腕をあげでもしなければ将来の見こみがないと励む者がいるかと思うと、おなじ次三男坊でも、父や兄にうるさく言われるので、しかたなく通う者もいる。番方（武官）では武芸に熱心な者が多いが、役方（文官）の中には、本人はやる気も能力もあるのに、これからの武士は剣が使えても出世は望めないと、算盤《そろばん》や帳付けを学ばされる者もいた。

源太夫は放任という訳ではないが、個々の家や本人の事情もあるので、なるべく干渉しないようにしている。ただし、ある程度は把握《はあく》しておかなければならないと思っているし、相談を受ければ親身になってそれに応じた。そのため結果として、深入りしすぎてしまうこともあった。

たまたまではあったろうが、ほとんどの場合はいい結果が得られていた。だがひとつまちがえば、弟子のその後を狂わせていたかもしれなかった。適度な距離を保つことは、どうして難しいのである。

「辰兵《たつへい》の姿を見ぬようになって、久しいが」

東野才二郎《とうのさいじろう》に問うと、もうすこしようすをみてやりましょうと言った。

「あれほど落ちこむとは思っておりませんでしたが、事情が事情でもありますので」

「親を亡くして哀しまぬ者はいないにしても、顔を見せなくなって、やがてふた月になる。四十九日まではと黙っていたが」

「母一人、子一人でしたからね」

「むりにでも汗を流せば、哀しみを忘れることはできぬとしても、薄めることはできるかもしれん。あまり思いやってばかりいても、却《かえ》って本人のためにならぬこともある」

「先生やわたしですと大仰《おおぎょう》になりますので、親しくしているだれかに、それとなく当たらせてみましょう」

そのような遣り取りがあって、さらに一ヶ月が経過した。

山川《やまかわ》辰兵は鉄砲組で、見習いだった十五歳の年に父を亡くしている。家督《かとく》の相続後も、しばらくは組頭が親代わりの後見となって面倒を見、十七歳になって一人前の組士と認められたばかりであった。

十歳で岩倉道場の年少組に入門したが、ごくありふれた少年の一人として、源太夫も特にこれといった印象を抱いてはいなかった。名前の読みは「たつへい」だが、仲間にはタッペーで親しまれていた。

その辰兵が熱心に稽古に取り組むようになったのは、十三歳ころからで、どうやら父が体調を崩したことも、ひとつの契機であったようだ。家を継がねばならぬという自覚もあったのだろうが、父が病臥した家に居たくなかったのかもしれない。

見習いの仕事と言っても、銃身の手入れや発射までに必要な、火縄、火皿、口薬、玉薬、銃身内の残滓《ざんし》火薬を拭《ぬぐ》う洗い矢、などの確認くらいであった。弾籠めから発射までの手順と、一連の操作の繰り返しは練習するが、火薬や弾丸をむだにしないため、実射は特別な場合以外はおこなわない。

しかも出仕は四日に一度でよかったし、時間も四ツ（午前十時）から七ツ（午後四時）までであった。

　時間は余るほどある。病人がいるので、家ではおとなしくしていなければならないが、若い身には苦痛だろう。その点、道場には仲間もいるので、自然に足が向かう。最初は非番の日のみ道場に通ったが、やがて当番の日も、詰めるまえに汗を流し、仕事を終えてからも顔を出すようになった。

　道場ですごす時間が長ければ、練習時間も多くなる。やっていると腕もあがり、そうなるとおもしろい。今まで歯が立たなかった相手に、何本かに一本は取れるようになり、やがて対等になったかと思うと、追い越してしまう。こうなると遣り甲斐《がい》もあるし、稽古に熱が入るのも当然だろう。

　父親が亡くなったのは、ちょうどそのころである。四十九日をすませると、辰兵はそれまでにも増して稽古に励むようになった。

　腕があがっただけでなく、父の死を乗り越えようとするひたむきさのためもあって、辰兵は一目置かれる存在になっていた。ところが、そんなかれに微妙な変化が出始めた。

　笑顔が消えて、物思いに耽ることが多くなり、道場に居る時間が徐々に少なくなっていったのである。周りが心配して、あれこれ話し掛けても、なんでもないと弱々しく笑う。

ほどなく母親が亡くなったことで、だれもが辰兵が変貌《へんぼう》した理由を知った。だが母の四十九日をすぎても、辰兵は道場に姿を見せなかったのである。

一家の大黒柱である父親を亡くし、二年もせぬうちに母親までも喪《うしな》ったのだ。十代の後半で独《ひと》りになったのだから、衝撃もおおきかったことだろう。しかし、立ち直りのきっかけを与えないと心が蝕《むしば》まれ、それが病を呼んで、身も心も壊してしまいかねなかった。

源太夫は道場の師匠として父親の葬儀に参列し、悔みを述べて励ましの言葉をかけた。辰兵が受けた衝撃は、当然おおきなものがあったろうが、自分が家と母を護《まも》らねばとの強い決意が、頼もしく思える一面もあった。

ところが母親の葬儀では、正視できぬほど痛ましかったのである。弟子の愁嘆《しゅうたん》は激しくて、完全にかれを消耗《しょうもう》させていたが、源太夫は言葉を掛けることができないほどであった。

「どうやら、と申しますか、やはり、母親の死に、理由があるようなのですが」

東野才二郎は、歯切れが悪い言い廻しをした。しかし、そんなことは言われなくてもわかっている。源太夫が知りたいのは、その先であった。

才二郎は辰兵の道場仲間の一人、里中一《さとなかはじめ》にそれとなく訊《き》いてみたのだが、はっきりしない。別に里中が隠している訳ではなくて、かれ自身、友が心配で知りたくはあったが、訊き出せなかったらしいのだ。

「そろそろ道場に出てはどうだ、タッペー。みんな待っておるぞ、と里中が誘っても」そう言って、才二郎は首を振った。「溜息を洩《も》らしただけだそうでして」

道場仲間ほどありがたいものはないが、場合によっては、これほどわずらわしいものもないのである。辰兵にすれば、打ち明けられるなら親友に打ち明けただろうが、それができないからこそ苦しんでいるにちがいない。

鉄砲組としての仕事はなんとかこなしているが、道場に出ないとすれば、それ以外の時間はどうしているのか。

気になった里中が辰兵の跡を跟《つ》けてみると、常夜燈の辻をすぎて、城山の裾をめぐるように寺町に向かった。両親の墓に詣《もう》でるのだと納得したが、石垣と塀に仕切られた石畳道をすぎた辰兵は、さらに進んで寺町を抜けてしまったのである。

山川家の菩提《ぼだい》寺《じ》は正願《せいがん》寺で、連絡をもらったので源太夫は参列した。身内だけですませたために、道場仲間はあとになって知ったのである。当然、里中が知る訳がなかった。

寺町を越え、その北にある正願寺の門を潜った辰兵は、並んで埋葬《まいそう》された両親の墓石のまえで長い時間手をあわせていた。一刻近くもそうしていたが、陽が傾きかけたころ、ようやく立ちあがった。しかし組屋敷にはもどらず、常夜燈の辻で折れて、真南に向かったのである。

気が咎めはしたが里中は跡を跟けた。辰兵は周りのことはいっさい気にしていないので、里中は二町（約二百十八メートル）ほどあとを付いていったが、気付かれることもなかった。

堤防に達した辰兵は坂を上って土手道に出、しばらく歩いてから河原への道をおりて行った。かれが向かったのは、沈鐘《ちんしょう》ヶ淵《ふち》である。あるいは入水《じゅすい》でもするのかと不安になったが、その心配は杞憂に終わった。岸の石に腰をおろした辰兵は、まるで彫像のように微動もせず、いつまでも水面を見ていたのである。いや、目を向けただけで、なにも見てはいなかったのかもしれない

日没が近付くと、カジカ蛙《がえる》がヒューイヒュイヒュイヒュイと、笛を吹くような哀愁に満ちた鳴き声をあげた。川の上流からも下流からも、瀬の岩の上でカジカが鳴き交わすのが聞こえたが、陽が西の屏風《びょうぶ》のような連山に沈むと、その声も絶えてしまった。

辰兵が立ちあがったのは、目のまえにかざした両手の掌が、ぼんやりとしか見えないころになってからである。辰兵は蹌踉《そうろう》と来た道を引き返した。

となると、道場仲間としては気になってならない。翌日、辰兵は当番であった。里中は七ツころに詰所の近くで待ち伏せて尾行したが、辰兵はその日は正願寺に向かわず、真《ま》っ直《す》ぐに沈鐘ヶ淵に向かったのである。

やはりその日も、辰兵が腰をあげたのは、陽が落ちてかなり経ってからであった。友が嫌がっても、むりにでも話を訊き出して、ともに問題を解決すべきなのか、相手が気持の整理をして打ち明けようという気になるまで、黙って待ってやるべきなのか。どちらが辰兵のためになるだろうか。

答を出すことができぬまま、里中は迷い続けていたとのことである。

「道場には顔を出さぬものの、勤《つと》めには出ておる。藩士として最低の責は果たしているわけだ」

源太夫の意図を測《はか》りかねたからだろう、才二郎は黙って続きを待っている。

「墓参も欠かさぬ。子としての務《つと》めも果たしておる。わからぬのは、沈鐘ヶ淵へ、それも日暮れに出向いて、日が没してから引き揚げることだ」

「独りになりたいからではないでしょうか」

「なりたいもなにも、辰兵は独り身だぞ。親もなければ兄弟もいない。独りになるため、わざわざ沈鐘ヶ淵に出掛けることはないのだ。それなのに、なぜ沈鐘ヶ淵に行く、あるいは行かねばならぬのか。それが問題の第一」

「と、申されますと、ほかにも問題が」

「里中によると、二日続けて、暗くなってからもどっている」

「はい」

「食事はどうしておるのだ。自分で作っているのか、食べに出ているのか。食事だけではない。洗濯《せんたく》も掃除もしなくてはならぬ」

「里中も、そこまでは考えが及ばなかったようです」

「人は喰わねば生きていけぬ」

「たしかに」

「ふむ。いいハンミョウならどうするか」

源太夫は思わずつぶやいた。事情を知らない才二郎は困惑したようであったが、敢《あ》えて問いはしなかった。ただ、声には出さず、ハンミョウとつぶやいた。

六

それは、源太夫の思いもしない人物の訪問で始まったが、考えてもいなかった用件であり、予想もしない発展をすることになった。

男の名は河瀬睦造《かわせむつぞう》、鉄砲組で四十歳、山川辰兵とおなじ組屋敷の住人である。

「山川辰兵の師匠とのことでござれば、岩倉どのに折り入ってお願いいたしたきことが」

藪《やぶ》から棒である。源太夫としては、黙って先をうながすしかない。

「いささか唐突とは存ずるが」

と断っただけで、睦造は娘の初《はつ》と山川辰兵の仲人《なこうど》を頼みたい、と切り出した。

「気の毒ではあるが、お受けすることはできぬ」

「御無礼は重々承知の上で」

「いや、そのようなことで断るのではござらん。仲人は頼まれても、すべてお断りしておるのでな」

これまでにも、弟子の婚儀での仲人は何度も頼まれたが、一つ受ければ以後、どのような事情があろうと受けざるを得ない。また、よい仲人がいながら、師匠の顔を潰《つぶ》してはならぬと頼んでくる者もいよう。

「ゆえに、事情にかかわらず、すべてお断りしているのが理由の一つ」

「ほかにも、なにか」

「辰兵は母御を喪ったばかりで、七七忌《なななぬか》はすぎたものの、一周忌までとされる喪は明けてはおらぬ。そういう折に婚儀のお話は、いささか不謹慎と存ずるが」

「いかにも、仰せのとおりでござる。ただ、拙者《せつしや》は仲人をお願いしたいと申しただけで、日時については触れておりませぬが」

たしかに睦造の言うとおりで、源太夫の早とちりだと言われてもしかたがない。だがそれよりも、辰兵に関してなんらかの事情を聞けるかもしれないと、気持が動いたほうがおおきかった。

「ご期待には副《そ》えないが、一応、お話は伺うといたそう」

源太夫の言葉を受けて、河瀬睦造が語った内容は次のようなものであった。

睦造と、辰兵の父の辰男《たつお》は同じ鉄砲組で、年齢が近いこともあって、若いころから仲がよかった。辰兵が生まれた翌年、睦造に女児が生まれたが、それが初である。

おなじ組屋敷で家が近いので、辰兵と初は幼馴染《おさななじみ》として育った。成長して六、七歳になると、二人が憎からず思っているらしいこともわかってきた。

　ある日、酒を酌《く》み交《か》わしたおりに、辰男が真剣とも冗談とも取れるような口調で、睦造に言った。

「娘御が年頃になったら、辰兵の嫁にもらえぬか」

「願ってもないことだ」睦造は快諾した。「実は、いつ言ってくれるかと、心待ちにしておってな」

　親同士が約束すれば、決まったもおなじであった。もちろん、辰男の妻のソメも睦造の妻のサハも承知しているし、当人同士もその気になっている。

　ところが辰兵が十五歳の年に、辰男が病死した。死の床に睦造を呼んだ辰男は、約束を守ってくれるようにと念を押し、睦造も快諾した。

　辰男の四十九日を終えてひと月が経ったころ、睦造とサハはソメを訪れて、改めて婚儀について相談したのである。辰男と睦造の話しあいでは、辰兵が十九歳か遅くとも二十歳になれば、一歳年下の初と娶《めあわ》せるということになっていたが、それを一歳か場合によっては二歳、早くしてもいいのではないか、と。

　それは、辰男の死によって気落ちしたせいかもしれないが、ソメの弱り方が眼に見えるほどだったからであった。

辰兵が初といっしょになれば、ソメも家事が楽になるし、張りあいもできて元気を取りもどすだろう。睦造とサハはそう考えたのである。それがいいかもしれないと、ソメも反対はしなかった。

以来、初はこまめに山川家に出向いては、掃除や洗濯、狭い庭で栽培している野菜の草取りなどを手伝った。またソメの体調が良くなければ、炊事も受け持ったのである。

辰兵は肌着、特に下帯の洗濯にはさすがに抵抗があったようだが、初は「家では、妹と弟の世話はわたしがしていますから」と、かいがいしく面倒を見た。双方の親だけでなく、組屋敷の住人のだれもが認めた仲であった。

そのことで、タッペーは道場でも散々冷やかされた。ところが、本人が照れたり怒ったりするどころか、むしろ嬉しそうな顔をするので馬鹿らしくなり、ほどなくだれも話題にしなくなったのである。

「それが、ソメどのが亡くなったことで、どうにも妙なことになり申して」

そう言った睦造の顔は、源太夫を訪ねて来たときに見られた緊張に、沈痛さが加味された重苦しいものであった。

源太夫はいつしか耳を傾けていたが、なぜなら辰兵が道場に顔を見せなくなったことに、まちがいなくおおきな関係があると感じたからである。

母を亡くした若者となれば、日々の生活はそれまで以上に不自由であろうと、初は以前にも増して辰兵の世話をするようになった。ところが辰兵がそれを迷惑がるように、いや、受け容《い》れなくなったのである。

これは許嫁《いいなずけ》の初としては辛《つら》い。ある日、たまりかねて、「わたしのことが嫌いになったのですか」と問い詰めた。

「で、辰兵はなんと」

源太夫は思わず身を乗り出した。もしも、訳のわからぬ理《り》不尽《ふじん》なことを言ったのなら、師匠としてきつく叱らねばならぬと思ったからである。

そんなことは断じてないと辰兵は言ったが、浮かぬ顔で、それ以上は語ろうとしない。だからと言って、初は引きさがる訳にいかなかった。

押し問答が続き、遂に初は泣き出してしまった。泣きながらなおも問い詰めると、辰兵は観念したのか重い口を開いた。

「自分は母を殺してしまった。そんな男が、初さんを嫁に迎えることなどできる道理がない。どうか諦《あきら》めてくれ」

おそらくは、力が及ばずに母を死に至らしめてしまった、との若者らしい責任の現れだろう。

母が病魔に冒《おか》されていることに気付かなかったために、手遅れとなってしまった。あるいは医者に掛かれば完治できたのに、その金が用意できなかった。親類や友人知人に借用を頼んだが、貸してくれなかった。それとも、借金をしても返せる見こみがないので、諦めざるを得なかった。

自分のふがいなさが、母を殺してしまったのだ。そんな男が、どうして妻を娶り、家庭を持つことを許されるだろうか。そのように結論した可能性が、高いのではないだろうか。

――ああ、辰兵よ。どうしてこのわしに、相談してくれなかったのだ。

そんなことをしては迷惑を掛けることになると考えたのだろうが、みつがしみじみと言ったように、師匠と弟子は父と子も同然なのである。親子でありながらどうして遠慮するのか、と言いたかった。

それはともかく、事情を知ってしまうと、迂闊《うかつ》に話し掛ける訳にはいかない。固く閉ざしてしまった心を、さらに頑《かたく》なにしてしまいかねないからだ。

「ときが解決してくれることもあろうから、もう少し時間をかけて、見守ってやるしかないのかもしれん」

源太夫がそう言うと、睦造は一度うなずいてから、首をおおきく横に振った。

「いや、そうであれば、それがしもさほど悩まずにすむのだが」と、睦造は目に強い意志をこめて言った。「娘を託す相手でもあるのでな。それに、辰男との約束も守らねばならぬし」

「とすると」

「サハが、家内がソメどのに、なんとも難しいことを打ち明けられていて」

「難しい、と申されると」

「お聞きいただけるか」

曰《いわ》くありげにほのめかされては、聞かずにいられる者はまずいないだろう。源太夫は睦造の目を見たまま、深くうなずいた。

病臥するソメを見舞ったサハは、周りにだれも居ないことをたしかめたソメに、わたしはとんでもない誤ちを犯してしまったと、告白されたのである。

七

それは、こんな話であった。

ソメが体の不調を覚えたのは、辰男の葬儀の半年後くらいのことだ。胃の腑《ふ》の裏辺りに鈍痛を覚えたが、最初はさほど気にも留めなかった。疲れのせいだろうと考え、ほどなく痛みが去ったので、すぐに忘れてしまったのである。

ところが忘れたころに、またしても痛んだのであった。何度かそんなことがあって、ある日、あるいはこれは、と厭《いや》な思いに捕らわれた。痛みに襲われる間隔が次第に短くなり、痛む時間は気のせいか、いや確実に長くなっているのを感じたからだ。さらに、痛みも強くなっていた。

だがソメは、いたずらに息子を苦しめることになると考え、辰兵には隠しとおすことにした。わずかな貯《たくわ》えは、夫の薬代と葬式で費《つい》えていたからである。

体の悪化はどうしようもなくなり、痛みを辰兵に気付かれぬようにするだけでも、努力しなければならなくなっていた。ソメは死を覚悟していたが、せめて息子の婚礼は見届けたいと、その願いだけは捨てることができなかった。ちょうど、睦造とサハに、初との婚礼を早めてはどうかと持ち掛けられていたからでもある。

ある日、「胡瓜伏せ」という言葉が、天啓のように閃《ひらめ》いた。それと同時に、武家の妻女たるものが、百姓《ひゃくしょう》や町人のように神仏に頼るなど、そのような思いを抱くだけでも汚らわしい、と弱い自分を叱責する声が、胸の裡に起こった。

だが、せめて息子の婚礼を見届けるまでは生きていたい、との思いのほうがはるかに強かったのである。それと、気付かれさえしなければいいのだ。いや胡瓜伏せそのものが、絶対に秘密裡におこなわねばならないのである。

今の組屋敷では、とても下男や下女を置く余裕はないが、ソメの実家はおなじ鉄砲組でも小頭だったので下女がいた。まだ十代の半ばをすぎたばかりの、ソメとほとんど歳の変わらぬ下女は、滑稽なほどに信心深かった。

それを笑うと、下女は怒りもしないで、神さん仏さんを信じんといかんでよ、と諭《さと》すように言った。神さん仏さんは、信じる者《もん》だけに応えてくだはるんやけん、と。

相手が真剣になればなるほど、ソメは滑稽に感じた。

そのとき、下女が持ち出したのが、胡瓜伏せの効能である。「胡瓜閉じ」とも、「胡瓜封じ」とも言われているらしい。

医者に匙《さじ》を投げられた下女の母親に、であればと、胡瓜の封じ込めを教えた人がいた。母は半信半疑であったが、ほかに方法もないのならと、試してみたのである。

おまじないに付きものの、細かな手順が決められていた。まずお天道さまが顔を出すまえに、胡瓜を捥《も》いでくるのだが、決して刃物を用いてはならない。いや、それだけでなく、以後もいっさい金物は使ってはいけなかった。

胡瓜の上部と下部を一寸ほど残し、爪か箸《はし》のような物、要するに金属でないなにかで、縦に切れこみを入れる。その切れこみに、自分の名と年齢、病名あるいは患部を書いた紙片を細かく折って差しこみ、それが外れたり抜け落ちたりしないように、挟んだ上下を糸で縛る。縛り終えた糸も鋏《はさみ》で切らず、糸切り歯で噛《か》み切らねばならない。

それを三七二十一《さんひち》日間、毎日、おなじ時刻に、おなじ場所から流すのである。それを決して人に見られぬように、秘密裡におこなわねばならない。他人に知られては、願いは叶《かな》わないとされていた。

「お母《かあ》はん、お蔭さんですっかり良うなってな、五年目には、お四国はんに行きよりました」

お四国はんとは、阿波《あわ》、讃岐、伊予《いよ》、土佐《とさ》の四つの国に、弘法大師空海《こうぼうだいしくうかい》が建立《こんりゅう》した寺をめぐる、八十八箇所参りの通称であった。健康な者にとっても大仕事であったが、下女の母は五年でそれができるまでになったのである。

下女は母が完癒《かんゆ》したのは、胡瓜伏せのお蔭だと、いささかも疑っていなかった。

ソメが、二十年もまえに下女に聞いた胡瓜伏せと、その細かな手順や禁忌《きんき》を覚えていたのは、民間のまじないだと否定しながら、心の奥深くでは、あるいはそういうこともあるかもしれない、いや、あればいいと、ねがっていたからかもしれなかった。孫の顔を見るまでは、それがむりなら、せめて息子が嫁を取るまでは生きていたい。そのためには、絶対に失敗の許されないまじないに賭けてみよう。

まさに一か八かであるが、どうせ死が迫って、逃れることができないのなら、わずかな可能性に賭けてみたい。ソメは迷いに迷った末に、遂に決心した。

だが、実際にやろうとすると、どうしてたいへんである。

胡瓜は狭い庭を畑にして、そこで育てていた。日の出まえに捥ぎ取るのを、辰兵に見られる心配はない。育ち盛りの息子は白河夜船《しらかわよふね》で、普通の地震《ない》くらいなら、まず目覚めることはないからだ。

裂け目を入れて紙片を封じ、糸で縛るなどの準備も、朝食まえにすませることができるので、なんの問題もない。

難問は、おなじ時間に、おなじ場所から流さねばならないことだ。しかも人に見られぬようにとなると、昼間は避けねばならなかった。日没後や夕食後に出掛けては、辰兵が不審に思うだろう。問われたときに、息子を信じさせるだけの理由は思い付かなかった。となると早朝か、夕刻かということになる。

ソメは夕刻を選んだ。

そのころの辰兵は、当番であろうと非番であろうと、かならず岩倉道場で鍛錬に励んでいた。若手なので最後まで残り、拭き掃除や片付けをすませてから帰宅する。完全に陽が落ちてからとなるので、その少しまえにもどって夕食を用意すれば問題はない。

胡瓜伏せを流すのは、沈鐘ヶ淵と決めた。背の高い叢《くさむら》や藪のために、花房《はなぶさ》川に沿って西の雁金《かりがね》村に向かう街道からも、巨大な蹄鉄《ていてつ》のように盆地を取り囲む堤防の、土手道からも見えないからである。

淵までは往復で半刻と少しかかるが、出掛けるまえに料理の下ごしらえをしておけば、問題はないだろう。

そしていよいよ始めたのである。息子はまるで気付かないので、後ろめたさはあったものの、ソメはまずは安堵《あんど》した。

二日、三日、四日と日が経つにつれて、徐々に緊張は高まってゆく。

七日をすぎたがなんともない。

そして十日目となったが、息子は気付いていないようだ。

息子が感付いたのではないかという気がするようになったのは、三分の二を越えた十五日であった。かといって、今さら止める訳にはいかない。

十六日、十七日、十八日。日が重なるにつれて、胸の動悸《どうき》が高まるのがわかる。息子の顔をまともに見ることができなくなるのを、なんとか克服した。心の臓の打つ音が日ごとに高くなり、これでは息子に感付かれるのではないだろうかと、強烈な不安に襲われる。

十九日がなんとかすぎ、そして二十日となった。

あと一日だ。もしかすると、うまくいくのではないだろうかと、闇夜に道に迷い、絶望しかかったときに、遠くに光明を見た思いがしたという。

そして二十一日、満願の日。ああ、乗り切った。

懐から胡瓜を出すと、病を封じこめた紙片が切れ目に挟まれ、その上下が糸で括《くく》れている。それをたしかめてから水面におろし、そっと手を離す。

早瀬を流れくだった激流が、岩に突き当たって淵を掘り起こしていた。その反対側の岸に近い浅瀬では、水はゆるやかに動いている。胡瓜もゆっくりと流れて行く。

ああ、終えた。とうとう終えることができた。

これでわたしは快癒し、少なくとも当座は病に苦しめられず、息子の婚礼にも出られるだろう。孫の顔を見ることができ、運がよければその孫がよき伴侶《つれあい》を得、さらにはその子の顔を拝《おが》むことさえできるかもしれない。

そんな儚《はかな》い願いが、一瞬にして霧消した。

目のまえに、息子辰兵の強張《こわば》った顔があったのだ。

母親がなにをしているのか、あるいはなにをしたのか、なぜそんなことをしたのか、しなければならなかったのかを、息子は知りたがる。当然だろう。絶対にごまかしはきかない。

いや、それよりも、人に見られ、知られた瞬間に、ねがいは叶わず、無に帰してしまうのである。

見られた以上、隠すことは意味をなくす。

ソメは覚悟を決めて、独り息子の辰兵に、包み隠すことなくすべてを話した。

三七の二十一日で満願になることを知った辰兵は、掠《かす》れた声で母に訊ねた。

「そんなたいへんな思いをされているとは、まるで知りませんでした。それで、今日は、何日目だったのですか」

「二十一日目でした」

「わたしが、なにもかもを、ぶち壊してしまったのですね」

その言葉を聞いた瞬間、ソメはとんでもない誤謬《ごびゅう》を犯してしまったことを、思い知らされたのである。

「ちがいます。それはちがう。母がまちがったことをしてしまったことを、天に教えられたのですよ。定めに逆らうという、意味のない愚《おろ》かなおこないをしたことを。辰兵にはなんの関係もないのです。だから思い悩むことはありません。武士の妻でありながら、百姓や町人のように、まじないを信じようとした愚かさに、天罰がくだっただけなのだから」

もう、なにを言おうと手遅れであった。母親の不可解な行動、人に知られぬようにとの謎めいた隠しごとを知ろうとしたばかりに、母の一縷《いちる》の望みを打ち砕いてしまったのだ。その思いに息子が苛《さいな》まれることは、火を見るよりも明らかであった。

そして、自分は、まちがいなく、死ぬ。それは自然な成り行きだが、息子はそうは思わない。自分が母を殺したのだとの思いに、生涯を通じて苦しむことになるのだ。

「あのときわたしは、どんなことがあっても黙り続けねばならなかったのです」

語り終えたソメの目尻から、涙が一筋流れ落ちた。

サハは慰《なぐさ》める言葉もなく、茫然として動くことすらできなかった。

「わたしは、またしてもまちがいを犯してしまったようですね。あなたに、背負いきれない重荷を、押し付けてしまった。サハさん、どうか、わたしが話したことは忘れてください」

これほど強烈な、しかも娘とその夫となる若者の、生涯に影響を与え続けるであろう話を打ち明けられて、簡単に忘れられる親が、どこの世界にいるだろうか。

サハは蒲団の下のソメの手を、両手でそっと包みこんだ。

「初と辰兵さんを、かならず夫婦にさせてみせます。約束は絶対に守りますからね、ソメさん」

サハはそう言って、包みこんでいたソメの手を握り締めた。骨張って、冷たい手であった。なぜか、生きる力がそれだけ弱まっているように感じられた。

「それとね、ソメさん。いつとの約束は今はできませんが、あなたの本当のお気持は、きっときっと伝えますから」

ソメの手がサハの手を握り返してきた。その力は弱々しかったが、心からの感謝が籠められているのが感じられたのである。

「サハはソメどのの打ち明け話を、自分の胸に仕舞って、墓にまで持って行こうと決心したとのことであったが」と、睦造は言った。「固く自分に誓いながら、それを破ってみどもに話したのは、初の苦しみと哀しみを知ったからにほかならない」

「なるほど、そのようなことが、な」

「今、みどもがこのことを正直に、あるがままに伝えても、辰兵はおそらく信じないと思われる。説き伏せるための作り話だと感じたなら、すべては終わりとなる。拙者が、拙者や家内が嘘吐きだと詰《なじ》られるのは耐えられるが、幸せになれるはずの若い二人が、このようなことでその機会を喪うとしたら、拙者にはそれが耐えられぬ」

眉間《みけん》には深い皺《しわ》が刻まれていたが、その深さが睦造の苦脳の強さを語っているかのようであった。

「悩みに悩んだ末に最良だと考えたのは、岩倉どのに仲人をお願いし、今申したことを辰兵に、つまりは辰兵と初に伝えてもらいたかったからでござる。しかし、いかに師匠とは申せ、そこまで甘えてはなりませぬな。やはり、それがしが伝えることといたしましょう。言葉は不十分でも、まごころは伝わらぬはずが」

「少し時間をいただけぬであろうか。仲人はでき申さぬが、弟子に関しては、みどもにも責任がありますでな」

辰兵が毎夕刻、沈鐘ヶ淵へ出掛ける理由はわかったが、わかりはしても解決に結び付くものではなかった。

八

源太夫は迷った末に、沈鐘ヶ淵行きを決めた。下城してその足で道場に来た東野才二郎にあとを任せると、着流しに脇差だけで屋敷を出た。

鉄砲組の組屋敷に河瀬家を訪れてから、源太夫は沈鐘ヶ淵に向かうことにした。時刻は七ツ半（午後五時）をすぎたばかりなので、ゆっくり歩いてちょうどよかった。常夜燈の辻で折れて、真南に堤防に向かう。

大堤の土手道から河原への斜面をおりて行くと、草地となった段丘があり、その先には花茨《はないばら》がこんもりと茂っていた。大人の背丈ほどもある茨の群生をすぎると視界が開け、かすかに聞こえていた水音が、急におおきくなった。花房川が右から左、つまり西から東へと流れ下り、真っ直ぐな石ころ道の先には、流れ橋が架けられている。

膝ほどの深さのゆるやかな流れに杭《くい》が打ちこまれ、二本の杭を繋ぐ横木に、幅二尺（約六十センチメートル）あまりの厚板が交互に架けられていた。水嵩《みずかさ》が増せば流されるが、麻縄で結ばれて岸の巨木の根方に繋がれているので、水位が下がると架けなおすのである。

流れ橋の少し下流から早瀬となっていた。早瀬はかなりの距離を流れて、その勢いで岩盤にぶち当たり、淵を掘り起こしていた。淵は水色、青、藍色と、深さによって色の濃さを変えている。

源太夫は河原を下流へと下って行ったが、すでにカジカ蛙が鳴く時刻であった。ヒューイヒュイヒュイヒュイと、笛を吹くような鳴き声は、源太夫が近付くと止み、通りすぎてしばらくすると、背後で控え目に鳴き始めるのであった。

ゆっくりと歩いて行くと、ごろた石から次第にちいさな石に変わり、足裏への感触がやわらかくなっていった。やがて、礫《こいし》から砂利《じゃり》となり、淵の岩場を取り巻く半円の岸は、均質な砂地になっている。

山川辰兵は、淵に面したその砂地に腰をおろしていた。

うしろ姿なのでわからないが、おそらく水面を見ているのだろう。母が流した胡瓜伏せが、裂かれてそこに病名を書いた紙片が折り畳まれ、上下をきつく縛られた胡瓜が、ゆっくりと流れて行ったのを思い出しながら。

砂利や礫の擦《こす》れる音がするので、辰兵は気付いているはずだが、振り返るどころか微動もしない。

源太夫は少し距離を置いて、辰兵の背後に佇立《ちょりつ》した。

上流でカジカ蛙が高くて澄んだ声で鳴き、それが終わってしばらくすると、下流でそっと、べつのカジカ蛙が笛を吹き始める。せせらぎの音を伴奏のように、その上を鳴き声が流れて行く。遠く近くで遠慮深げに鳴くが、鳴き声が重なることはない。

「わしは長いあいだ、カジカを鳥だと思っていたのだ」

辰兵は振り返らなかった。

「蛙があれほどきれいな声で鳴くとは、どうしても信じられなんだのでな」

やはり動かない。

「見たことはあるか」

返辞はない。

「カジカは灰色を帯《お》びた褐色の、地味で目立たない蛙だ。鳴かず、動かなければ石と変わらない」

「…………」

「だが、耳を傾けておると、心が次第に安らかになる」

カジカが鳴き止むと、せせらぎの音が少しだけ、おおきく感じられた。

「ふしぎなものだな」

辰兵が聞いているのは、源太夫にはわかっていた。耳を塞《ふさ》がなければ声は届く。心を塞いでいなければ言葉も届く。

「カジカは、人の心を安らかにしようと思って、鳴いている訳ではない。おそらくは雌《めす》を呼んででもいるのだろう。だが、聞く者にとっては風流な音色《ねいろ》となる」

源太夫は辰兵の横に並んで、手頃な石に腰をおろすと、弟子を見もしないで続けた。

「権助と二人で、二尺もある大鯰《なまず》を釣りあげたことがあってな。この淵でだ。どの辺りだと思う」

そこで初めて源太夫は辰兵を見た。辰兵も源太夫を見ていた。若者らしい澄み切った目をしていた。

――みつの言ったとおりだ。

源太夫は自信を強めながら、目のまえの水面に視線を移したが、辰兵もおなじように淵に目を向けたのがわかった。

「深いところは二丈（六メートル強）ほどある。ところが、そこは」と、源太夫は目のまえの水面を見たままで言った。「膝ほどの深さしかない。権助によると、鯰は昼《ひる》日中《ひなか》、岩場に身を潜《ひそ》めておるが、夜は浅場で餌《えさ》を漁るのだそうだ。下男に笑われてしまった」

「……？」

「釣り人の料簡《りようけん》でいると釣れません。鯰を釣りたかったら、鯰の料簡にならなければ、とな」

辰兵は声に出さずに、わずかだが笑みを洩らした。

「笑ったな。これでひと安心だ。ようやく、辰兵がタッペーにもどった。よし、今夜はわが家でいっしょに飯を喰おう」

予想もしていなかったはずだ。辰兵がとまどうのがわかった。

「ですが」

「河瀬どのなら心配いらん。今夜はわが家で喰うから用意しなくてもいいと、サハどのに断っておいた」

「そこまでおわかりだったのですか、先生には」

「師匠と弟子は、親子も同然だ。子の気持がわからずば、おおきな顔をして親とは威張れんだろう」

——みつが知ったら、どんな顔をするだろうか。

そうは思ったものの、弟子には厳しく接する。

「河瀬どのにはちゃんと詫《わ》びるのだぞ。特に初どのにはな」

源太夫が話し終えると、しばらく思案してからみつは言ったのである。

「おまえさまが行かねば、治まりませんね」

「もちろんだ。ほかの者の手には負えん」

少し時間をと河瀬睦造には言ったものの、源太夫にはこれという良案が思い浮かばなかった。みつに打ち明けたのは、話しているあいだに解決策を思い付くかもしれないと思ったからである。

「それに、河瀬さまは初さんとのことがありますので、どうしても説得なさるでしょうから、辰兵どのは反発せずにいられないと思います」

「それがわかっておればこそ、河瀬どのは相談に来たのだ」

問題は、母ソメの胡瓜伏せのまじないを、その不可解な行動の理由を知りたいと思ったばかりに成就させられなかったと、辰兵が思いこんでいることであった。その日が満願当日であったことが、かれの苦悩を強くしてしまったことは否めない。

決しておまえが見たからではないと母は強調したが、それは辰兵が苦しまないでもすむようにとの配慮である。現に半年もしないあいだに、母は死んでしまったのだ。

母親が死んで独りになったために、河瀬家では一家をあげて辰兵の世話をしてくれるようになった。初にとっては夫、睦造とサハには義理の息子になるなのだから当然だろう。

それが辰兵には、母の死を犠牲にして自分一人が幸せを得たようで、後ろめたく感じられてならない。このような状態で初を迎えても、幸せは得られないのではないだろうか。天は人のそのようないい加減さを決して見逃さず、かならず辻褄《つじつま》をあわせるものなのだ。

その思いが、母を殺しておきながら、初さんを嫁に迎えることなどできないので、どうか諦めてくれ、との言葉になったのだろう。

しかし四十九日がすぎてひと月以上、母の死からはみ月が経っている。むろん、母の死が頭から離れることはないだろうが、それまでに見えなかった事柄も、次第に見えるようになったはずだ。

そして、少しずつ考えの幅が拡がったことは、十分に考えられる。

例えばこんなふうに。

母が胡瓜伏せのまじないに頼ったのは、病気の快癒をねがったからだろうが、それだけではなかったのかもしれない。

死期の迫ったことを直感した母にとって、一番の気懸かりは辰兵の今後、特に初との婚儀だろう。辰兵は知らないが、睦造とサハからはできれば早めたいと言われている。半年後になるのか、それとも一年後かもしれないが、それまでは元気でいたい。せめて死なないでいたいものだ。

そのように考えて胡瓜伏せを始めたのだとしたら、それに気付きもしなかった自分は、なんとひどい息子であることか。

それだけではない。自分は初に対して、なんと残酷なことをしてしまったのだろう。ひどく後悔したが、今ごろになって謝るのも、却《かえ》って不誠実に思われるのではないだろうか。

そのような堂々巡りを繰り返しているとしたら、その軛《くびき》から解き放ってやれるのは、師匠であるこの自分、岩倉源太夫だけである。

そのように結論し、自分を納得させたのだが、絶対的な自信があった訳ではなかった。

「かならずわかってもらえると思います」そう言ってから、みつは付け足した。「くれぐれも説教はなさらないでくださいね」

「だから、わしが行くのだ」

「明日の夜は辰兵どのといっしょに、みんなで夕餉《ゆうげ》をいただくことにしましょう」

みつとのそんな遣り取りがあり、翌日、源太夫は辰兵を連れ帰ったのである。

源太夫もみつも、辰兵が苦しむことになった問題には、いっさい触れないようにした。

辰兵が鉄砲組だと知ると、市蔵と幸司は好奇心を剝《む》き出しにして、あれこれと訊きたがった。

「静かになさい。食べ終わってから、教えてもらえばいいのですから」

みつが注意すると首を竦《すく》めはするのだが、それも束《つか》の間で、堪《こら》え切れずに二人は質問を繰り出すのである。

「タッペーは父の弟子だぞ。おまえたちがそんなに聞きわけがないと、タッペーは明日から道場で、父の言うことを聞かなくなってしまうではないか」

源太夫は叱ったが、少しも堪《こた》えないどころか、タッペーという明るい響きが気に入ってしまったようだ。それ以後、市蔵と幸司は、辰兵さんでなくタッペーさんと呼ぶようになった。

食べ終わると、さっそく質問攻めである。鉄砲の重さはどのくらいか、玉のおおきさはおなじなのか、ちがうなら何種類くらいあるのか、などと子供っぽい質問であった。ところが答えると二人がさらに興味を示すので、火薬はなにからできているのか、火縄は、銃爪《ひきがね》は、さらには射撃姿勢や、弾丸が正確に届く距離などを、辰兵は子供にもわかるように、説明してやったのである。

やさしく見守るみつと、おなじように温かく見守っても、ときに厳しく注意する源太夫、目を輝かせながら次々と質問する二人の子供。辰兵はそこに、あるべき家庭の姿を見、喪ったもののおおきさに気付き、自分が思い描く家庭のあり方を見せられ、そして感じたのではないだろうか。

みつに礼を述べ、タッペーさんタッペーさんと子供たちに別れを惜《お》しまれ、まとわり付かれた辰兵は、源太夫に深々と頭をさげた。

「先生、わたしは明日からまた道場に出ますので、よろしくご指導ください。本日は本当にありがとうございました」

そう言って帰って行った辰兵の足取りは、しっかりとしたものであった。

かれがその足で河瀬家に向かったことは、翌日夜、睦造が一升徳利を提《さ》げて礼に来て、明らかになった。

辰兵は睦造とサハにそれまでの非礼を詫び、母ソメの喪が明けたら初を嫁にもらいたいと、正式に申し入れた。ついては、どなたかに仲人をたのんでもらいたいとのことである。

「息子、いや辰兵の気が変わらぬうちにと、その場で夫婦固め、親子固めの、仮の盃をかわしまして」

あいさつが終わって、礼を述べ、簡単な報告をすませると、改めて睦造は源太夫に訊いた。

「いかなる手妻《てづま》を遣われたのか、お教えいただけるとありがたい。まあ、今後の参考にという訳でもあるが」

「すっかり、その気になっておられるようだな。まだ祝言もすんでおらんのに」

「仮の盃をかわしたので、手付金を打ったようなものでござる」

言葉は冗談じみているが、目は真剣そのものであった。答えぬ限り引きさがりそうになかったので、しかたなく源太夫は語ったが、それが相手の望むような返辞でないことは、かれにもわかっていた。

「それがしは不器用でな。とても手妻などは遣えはしない。ただ」

「ただ？」

「ハンミョウになっただけでござるよ」

「さっぱりわからぬ」

「いや、ようやくのことでハンミョウになれたということか」

「ますますわからんようになった。どのようにお話しになられたのか、教えていただけまいか」

「辰兵はどう言っておりましたか」

「カジカをずっと鳥だと思いこんで、蛙だとは知りもしなかったことと、下男の権助と淵で二尺の大鯰を釣りあげたという」

からからと、いかにも嬉しくてならぬというふうに源太夫は笑った。

「さよう。そのことしか話しませなんだ。辰兵は、なにもかもわかっておったのですよ」

「先生はなにもかもおわかりでした、そう、辰兵は申しておりましたが」

「そうであろうか。双方がわかったような気に、なっただけかもしれませんぞ」

煙に巻かれたような睦造の顔を見て、わずかにだが、源太夫は溜飲のさがる思いを味わうことができた。

語る男

「変な人が、先生にお話があると言ってますが」

まだ若い弟子である。稽古するほかの門弟たちを見たままで、岩倉源太夫は厳しく窘《たしな》めた。

「なんという口の利《き》き方をするのだ。人を見た目だけで評してはならんと、常日頃あれほど言っておるではないか。それに」

言ってますが、というのも失礼極まりないと注意しようとすると、

「いいのだ。変な人にまちがいないのだからな」

声とともに道場に男が入ってきたが、姿を見るまえに源太夫にはだれかわかった。声の質というものは、長い歳月を経てもさほど変わらぬものらしい。もともと濁声《だみごえ》ではあったが、それが薄まった感じではなく、むしろ磨きがかかったようですらある。

「榊原《さかきばら》！」

「憶えていてくれたか」

「忘れるわけがなかろう」

弟子が変な人と言うのもむりはない。黒紋付に羽織袴《はおりはかま》という武士の装《よそお》いだが、腰に差したのは脇差だけで、手には鉄扇という格好だった。

それだけなら弟子も変な人などと言うはずがない。異様なのは首から上であった。総髪にし、髭《ひげ》をいかめしく八の字に整えていたのである。

弟子たちは失礼にならぬようにしてはいるが、やはり気になるらしく、見るともなく二人のほうを盗み見している。

「ここではなんだから」

母屋への含みで榊原をうながすと、二人に目礼して若い弟子は稽古にもどった。指導に関する簡単な指示を高弟に与えると、源太夫は榊原とともに道場を出た。

見知らぬ男が二人、源太夫に頭をさげた。侍の身装《なり》をした若い男と、明らかに下男とわかる荷物運びの中年男である。榊原の大刀は柄袋《つかぶくろ》をかぶせて、若い男が捧げ持っていた。

榊原は源太夫が江戸勤番のおり、一刀流の椿《つばき》道場で学んだ相弟子であった。中国筋の小藩の馬廻役《うままわりやく》で、左馬之助《さまのすけ》と名乗っていたが、まさかそのままの名でいるとは思えない。頭髪からすれば、すでに藩士ではないはずだ。

「ほほう」

庭に出た榊原は、一瞬だが歩みを止めて声を洩らした。

庭に並べられた唐丸籠《とうまるかご》の軍鶏《しやも》に気付いたのである。軍鶏の羽毛は白や褐色が主だが、蓑毛《みのげ》と呼ばれる細くて長い首筋の羽毛には、緑、青、紫なども混じっていて、陽光を受けると一段と強い金属光沢を放つ。

「このことだな」

納得したようにうなずいた。

二人を母屋の表座敷に通すと、すぐにみつが茶を運んであいさつをした。

その後ろ姿を見送り、榊原は少し考えてから言った。

「たしか、妻子がおられると聞いておったが」

「先《せん》の家内か。……早いものだ、死んで十五年と少しになる」

「それは気の毒をした」と言いはしたが口先だけで、すぐに本音が出た。「後添えとはうらやましい。かなり離れておるようだが」

「少々事情があってな。ま、そんなことはどうでもよかろう」

「若い嫁御をもらうと、若返るというのは本当らしい。胤《たね》を仕込んだとは大したものだ」

「……！」

「そう驚かずともよい。下世話なことにすぐ目が行くようになってな。五ヶ月ほどと見たが、おおきく狂ってはおらんはずだ。いや、失敬。仕事柄《がら》とは申せ、われながら俗っぽくなったと、常日頃から深く反省はしておるのだが」

知りあって三十年もすれば、程度の差はあっても人が変わるのは当たりまえだろう。それにしても、若いころの面影《おもかげ》がこれほど失われた男も珍しい。

道場時代、榊原左馬之助はまじめで稽古熱心な若者であった。切磋琢磨《せっさたくま》して常に首位を争う源太夫と、旗本の三男坊秋山精十郎《あきやませいじゅうろう》の二人には、追い越すどころか追い付くことさえできないために、悔しさのあまり涙を流したこともあったのである。

ぎらついた目がいささか人相を悪く見せはしていたが、精悍《せいかん》で剛直な若者であった。四角四面で融通が利かないため、野暮《やぼ》な浅葱裏《あさぎうら》だと小馬鹿にされていたのに、変われば変わるものである。

残念なことに左馬之助は、いやその名は使ってはおるまいが、垢《あか》抜けたとか粋になったという変貌ではなく、まったく逆の変わりようであった。

しかも顔そのものも、おおきく変わっていた。眉《まゆ》が太くてギョロ目、鼻は巨大で、唇が分厚い。若いころの特質が、悪いほうに強調されたようである。たしかに異相と言うしかなかった。

そして今は、なにを生業《なりわい》としているのであろうか。

源太夫の心を読みでもしたかのように、

「軍記読みの乾坤斎無庵《けんこんさいむあん》でござる。榊原左馬之助の名はとっくに捨てたし、藩も捨てた。いや、捨てられたというところかな。はっはっは」

と豪快に笑い飛ばした。乾は天で坤は地を意味する。軍記読みは講釈師となり、のちに講談師となった。いわゆる語り芸人だが、それにしても乾坤斎無庵とは、大仰な名を付けたものだ。

若い男は、弟子の乾坤斎幻庵《げんあん》だと紹介した。

「もとはお武家とお見受けしたが」

「鳴海三木助《なるみみきすけ》どのと」

無庵が源太夫に答えると同時に、幻庵が咳《せき》払いした。

「わしとおなじで武家を捨てたのでな、昔のことには触れられたくないらしい」

幻庵は整った顔をしているが、全体に華奢《きゃしゃ》な印象である。しかも終始無言のままなので、軍記読みの講釈をしても客を納得させられるだろうかと、他人《ひと》ごとながら心配になったほどだ。

軍記読みとは、『平家物語』『太平記』『川中島合戦記』『清正記』などの軍記物を読み聞かせ、講釈すること、およびそれをおこなう人物で、軍書読み、軍談読みなどとも呼ばれた。

かれは当初は夢庵を名乗ったが、ある日の席で乾坤斎無庵と張り出された。無ではなく夢だと文句を言ったところ、宿なしが夢を抱いたってしかたがなかろうと、席亭は冷ややかに笑った。故意にまちがえたと知って、かれもいっしょになって笑ったのだという。

実際のところは、駆け出しのころだろうから、芸がそれほどでなかったにちがいない。突っかかればお払い箱になる心配があったから、というのが真相ではなかろうか。その世界についてはあまり知らない源太夫にも、おおよその察しは付いた。

「いかなる理由があって、藩を出たかというとだな」と訊きもしないのに、無庵は油紙に火が付いたようにぺらぺらと喋り始めた。「腹に据えかねて上役を打擲《ちょうちゃく》したら、情けないことに刀の柄に手を掛けようともせぬ。こんなへなちょこの上役のもとにいては、たった一度の人生を棒に振るにも等しい、と思って尻を捲《まく》ったが、金も腕もない素浪人が生きていくとなると、これほど厳しい世の中はない。なんなら、艱難《かんなん》辛苦を耐え忍び、ついに花開いた軍記読みの白眉《はくび》、乾坤斎無庵の波瀾万丈《はらんばんじょう》の半生を語って進ぜようか。ま、中入り休憩《きゅうけい》を入れて連夜一刻（約二時間）あまり語り継ぎ、それが半年続くやら一年となるやらは、語ってみんけりゃわからんがのう。はっはっは」

とまたもや豪傑笑いをしたが、軍記読みの白眉というのは、自称としても言いすぎだろう。

「ありがたいが、それはまたの機会とさせてもらおう。ところで、当座はのんびりとできるのだろう」

「ということは、しばし逗留《とうりゅう》させてもらえると解釈していいということか」

「当然だ。そのかわり、喰って寝てもらうだけで、なんの構いもできん」

「十分だ。雨露を凌《しの》げるだけでありがたいのに、その上、喰わせてもらえるとは」

「で、当地へはいかなる事情で」

無庵によると、旅廻りの芸人たちは行く先々で、実に緻密《ちみつ》に情報を交換するものだという。なぜならそれが死活に係わるからで、そうでなくても旅興行は水ものなのである。

長雨続きなので、中止にしようかと半《なか》ば諦めながら行ってみると、雨では仕事にならぬというので客が押し掛け、連日満席だったりする。かと思うと、豪雨のために橋が流され道が寸断されて、興行どころか無一文で逃げ出さねばならぬこともあった。また興行を請け負った相手にも、あくどいのがいる。最初の話ではアゴアシ付き、つまり食費と路銀は含まれているとのことであったのに、蓋《ふた》を開けてみると食費が実費として、しかもかなり割高に引かれていることもあった。もちろん抗議するが、こちらは根なし草、勝負は最初から決しているも同然だ。

そのため、どこへ行くならだれを頼れ、とか、どこそこのだれそれは好人物だが、お内儀が交渉に出て来たときは注意しろ、とか、あそこは文人を優遇するが芸人には冷淡だ、とか、具体的で実践的な情報を教えあうのである。

園瀬へ行くなら松本《まつもと》を頼れと、どこへ行っても無庵は聞かされたのだという。文人と芸人のべつなく厚遇してくれるとのことなので、かれもさっそく世話になることにしたのであった。

浪速《なにわ》から船で松島港《まつしまみなと》に着き、街道を進んでイロハ峠《とうげ》を越えると、蛇《じゃ》ヶ谷《だに》の細長い盆地がある。その中央東寄りの高台に松本は居を構えていたが、そこから園瀬の城下へは一刻半（約三時間）ほどの距離であった。

昼食《ちゅうじき》を馳走《ちそう》になると、昼寝でもして疲れを癒《いや》してくださいと、松本のあるじ作蔵《さくぞう》は言った。そしてついでのように、知りあいに軍記読みを聴くのを楽しみにしている者がおりますので、今夕《こんせき》、口慣らしに一席語っていただけないだろうかと、打診《だしん》されたのである。

一宿一飯の恩義があるので、無庵は快く請けたが、謝礼金が出るとは思ってもいなかった。

せいぜい、数人を相手にさわりを流せばいいだろうと軽く考えていたのだが、なんと五十人近い聴き手が集まったのである。百姓《ひやくしよう》だけでなく、あきらかに医者や僧侶、郷侍《ごうざむらい》、商人とわかる者の姿もあった。

となると、無庵は武士の恰好はしていても性根は芸人である。ここで評判を取れば、目指す園瀬の里での興行が成功することは、約束されたようなものであった。

『寛永三馬術』の「曲垣平九郎《まがきへいくろう》と度々平《どどへい》」辺りを考えていたのだが、急遽《きゆうきよ》、演目を『義士銘々伝』に切り替え、「大高源五《おおたかげんご》」や「神崎与五郎《かんざきよごろう》」をはじめとして、中入りを入れて一刻半、たっぷりと演じた。

それは軍記、軍書ではなく、大衆受けのする講釈であった。軍略や攻防、軍師の策略などよりも、人情味に比重を置いた話芸である。本来は厳密な区別があったのだろうが、聴くほうはおもしろければいいので、そんなことは気にもしていなかった。軍記読みと言われる演者も、客層を見ながら臨機応変に、講釈も語っていた。

無庵は源太夫には黙っていたが、松本の作蔵が包んだ謝礼は、相場の倍を超えていたのである。

客たちが帰ったあとで、作蔵と飲んだのだが、その雑談の中で、当藩には大変な剣豪がいるとの話が出た。

その名は岩倉源太夫。

「その御仁、もしかして軍鶏を飼ってはおらぬか」

「飼っているか、どころではありません。鶏合《とりあ》わせ（闘鶏）から編み出した秘剣の蹴《け》殺《ころ》しで、果たし合いを挑んだ剣術遣いをばったばったと」

「岩倉はたしかに、たいした剣術遣いであるな」

「ご存じですか」

「松本の作蔵さんとやら、驚いてはいけないが、ということは、おおいに驚いてくれ、との含みなのだがな。岩倉は軍鶏侍と呼ばれておるのではないのか」

「はい、軍鶏侍。ご領主の九頭目《くずめ》の殿様が、藩士とその子息教導のために、岩倉さまに道場を開いてくださいました。その名を岩倉道場と申しますが、だれもその名で呼びはしません。通り名が軍鶏道場」

「ご亭主よ。驚きついでにもっと驚くがよかろう。みどもはな、当時は榊原左馬之助で、岩倉は新八郎」

「はいはい、若いころ岩倉さまは新八郎と呼ばれていたと、聞き及んでおります」

「わしらは一刀流の椿道場で、新八、左馬と呼びあった相弟子である」

「さようでございましたか。でありましたら一刻も早く、と申しても明朝になりますが、道場へ。岩倉さまがお喜びになられますよ」

そのような遣り取りがあり、園瀬を離れるまえには改めて軍記を読むと約束して、松本をあとにしたのである。そのおり、作蔵は園瀬城下の顔役への紹介状を書いてくれた。連中を通さず、勝手に興行はできないからであった。

「岩倉がすなおに喜んでくれるとは思わなんだ。知りあってほどなく三十年、別れてからでも二十五年くらいになるだろう」

「朋《とも》有り遠方より来《きた》る、亦《また》楽しからずや、だ」

「おお、嬉しいことを言うてくれる。もっとも論語にある朋は学友のことなれば、道場の相弟子となると、いささか意味がちごうてくるがな」

「いや、学問も剣も奥が深い。行き着くところはおなじだ。剣は学問とちがって、屁理屈を並べたりせぬが」

「お、出たな。久方振りの新八郎節《ぶし》が」

ということで、源太夫のかつての相弟子であった榊原左馬之助こと軍記読みの乾坤斎無庵は、弟子の幻庵と下男の三人ともども、岩倉道場の居候《いそうろう》となったのである。

とは言ってものんびりとしてはおれず、昼食を摂《と》って四半刻ばかり腕枕で微睡《まどろ》むと、かれらは松本の作蔵が墨痕《ぼっこん》あざやかに認《したた》めてくれた紹介状を胸に、顔役のもとへと急いだ。当然だが、昔の道場仲間と旧交を温めるよりも、興行を打つ場の確保が優先されたのである。

二

無庵たちは日の没するまえにもどったが、松本の作蔵の紹介文が効果を発揮したようだ。まずまずというか、かなり良い条件で席を設けてくれるとのことで、前祝いに祝杯をあげたらしい。瞼《まぶた》がほんのりと紅を帯びていた。

顔役は人入れや金貸しも兼業する豪農で、カネヤの屋号で呼ばれていた。名を戌亥《いぬい》という。人入れと金貸しには鑑札が必要だが、ある事件で処分された加賀田屋《かがたや》から、仮に、という形で引き継いだものだ。

「松本の作蔵はんが、ここまで褒めることはないけんな」

紹介文に目を通すなり、戌亥はそう言った。

ちなみに松本では演目になにを選んだのかと、さり気なく訊いてきた。こういう人物には小細工が利かないと判断したので、無庵は正直に答えることにした。

技量を試すために数人で聴くのだろうと思い、短くても聴き応えのありそうな演目のさわりを、軽く流そうと考えていたこと。ところが五十人も集まったので、急遽、切り替えたと打ち明けたのである。

「ほうで。なにを、なにに、切り替えなはったんかいな」

ほうで、というのは、そうですかの後半を略した、園瀬の俚言《さとことば》であった。

『寛永三馬術』の「曲垣平九郎と度々平」を考えていたのだが、『義士銘々伝』にしたというと、戌亥は思わずと言うぐあいに膝を打った。

「こっちでも、赤穂《あこう》義士伝を、その銘々伝をやってつかはるで。みんな、よう知っとる話やけん、受けることまちがいありまへんわ」

どうやら人が喜ぶもの、客が集まることが重要なので、軍記読みであろうが講釈語りであろうが、そんなことには頓着していないらしい。ちがいを知らないならそれでいいし、もし知っているなら、「さすがお詳しい」と持ちあげればいいだけのことであった。

ところで、ちらりと見せられた紹介文の冒頭がどうだったかというと、

「軍記読みの乾坤斎無庵先生は御当地初の御目見えなれど、本場江戸仕込みだけあって、音吐《おんと》朗々、緩急無碍《むげ》、天馬空を行くがごとくで、わが在所の聴き巧者《ごうしゃ》たちも感激のあまり涙を浮かべ……」

　という調子であったらしい。

　推薦する旨《むね》の紹介文である以上、ある程度は褒めて書かれていたのだろうが、無庵が自分に都合のいいように装飾したことも考えられた。そのくらいはやりそうな男であった。ちらりと見せられただけで、しかもその後で飲酒したのだから、正確に覚えていられる訳がないのである。

「今夕《こんせき》は遠路訪ねてくれたのだ、旧交を温めるということで一献《いっこん》参ろう」

　みつが酒肴《しゅこう》を運んで来たので、源太夫がそう言うと無庵は相好を崩した。

「おお、すまんな」

「再会の祝杯だ。毎夜、付きあう訳には参らんがな。飲む分には、言ってもらえば用意させる」

「ありがたいが、われらも、そう飲んでばかりはおれん。中二日置いて、五日続けて読み聞かせることが決まったでな。となると、通して復習《さら》っておかねばならん」

「復習うということは、読み直しておくということか」

「当然だ。もちろん、ここに」と、無庵は指で顳顬《こめかみ》をとんとんと叩《たた》いた。「残らず入ってはいるがな。流れをたしかめておかねば、思わぬ齟齬《そご》を来すことがある。うっかりと抜かしたり、前後をちがえたりしてはぶち壊しだ」

軍記読みは文字通り軍記を読むので、目のまえに本を拡げて鉄扇や扇子で捲《めく》り、指し示しながら読み進め、難解な言葉に注釈を加えたり、戦略の要点などをわかりやすく解説するのである。

講釈も読む芸とされているが、実際は語る芸なので、滑《なめ》らかに、しかも強弱緩急を付けて語らねば、客を惹《ひ》きこむことはできない。七五調で書かれた語呂のよい言葉の羅列の合間に、張扇《はりせん》で釈台《しゃくだい》を小気味よく叩き、武勇伝や人情物語を語るのである。

つかえて進まなくなれば目も当てられない。特に、声を張って読みあげる合戦の場は修羅場《しゅらば》と呼ばれ、言葉の響きだけでなく、講釈師の呼吸と調子、小気味のよい張扇で盛りあげる、最高の聴かせどころである。その山場でとちったり、絶句したりでは話にならない。

「講釈師扇《おうぎ》で嘘を叩き出し、と言われるくらいだから、その程度では顔色も変えんがな。講釈師つかえたときに三つ打つ、との戯《ざ》れ句もある。忘れたときに狼狽《うろた》えたりはせん。ポポン、ポン、ポンと、釈台を三つも打つあいだに、ふしぎと思い出すものだ」

文字通り修羅場を潜って一人前になるのだが、慣れないあいだは、高座で固まってしまうことも往々にしてある。飛ばそうが、忘れようが、多少前後しようが、そしらぬ顔で続ければ、気付く客なんぞいやしないと、無庵は乱暴な言い方をした。

「客は調子を聴くというか楽しんでおるのであって、言葉の意味をいちいち理解しながら聴いておるのではないのだ」

言っていることが段々と乱暴になってきた。軍談や講釈はなにごとも針小棒大、大袈裟《おおげさ》に言えば恰好がつく、と無庵は言う。

「空に星が出ております、などと軍記読みや講釈師は言わんわな。一面に雲母《きらら》を撒《ま》いたるがごとき満天の星、といかにもそれらしき言葉をならべる。聴き手の耳に心地よく入るように語りさえすれば、聴いているほうはわかったような気になるのだよ」

おそらく初めて聞かされるのではないのだろうが、弟子の幻庵は両手を膝に置いて、きまじめな顔で聞いている。

「こいつは何度言っても、失敗《しくじり》を繰り返すのだ」と、無庵はちらりと幻庵を見た。

「頭は悪くないのだが、正直に馬鹿が付くような男でな。なにかあると、たちまち阿《あ》吽《うん》の阿になってしまう」

無庵の言いたかったのは、こういう意味だろう。神社の狛犬や寺の山門の仁王像は、片方が口を開け、もう一方は閉じている。それが阿吽の像で、開けたのが阿、閉じたのが吽であった。

幻庵は失敗すると固まって口を開けたまま、と言いたいのだろうが、けっこう厭味《いやみ》で意地が悪い。それとも、弟子を思う師匠の親心というものなのだろうか。

「しかし、あれは傑作であった」

「止めてくださいよ」

悲痛な顔になったところを見ると、幻庵はこれまでにも散々からかわれたのであるらしい。

「常連に決め台詞を先取りされてな。大技、小技を使えるかぎり使い、張扇叩いて盛りあげて、ここぞと言うときに、客の一人がその先、花も実もある決め台詞をぽろりと言った。ほかの客はおもしろがって大笑い。こいつは真っ青になって、舞台をおりてしもうたのだ」

毎日のように通っている客の中には、台詞を覚えてしまう者もいるだろう。そんな客が軽い気持でからかったのだろうが、本人はたまったものでない。

「そういうときには、よっくご存じで、とか、常連《おなじみ》さんありがとう、とにっこり笑《わろ》うて、客の言った決め台詞の続きから始めるのだよ。そうすりゃ落ち度になるどころか、愉快なやつだと客に受け、一遍に贔屓《ひいき》になってくれるのだ」

「榊原」

源太夫が呼び掛けると、無庵は伝法に、

「なんでえ、新八」

「道場時代に、かくのごとき詐術《ごまかし》の技を身に付けておれば、わしも簡単にはおぬしに勝てなんだであろうな」

「天に向かって唾《つばき》するものではない、と言うことだ。おのが上に、もろに落ちてきやがった」

爆笑になってその場は収まった。幻庵も安堵《あんど》したような笑いを浮かべたが、ちらりと源太夫を見た目には、感謝の念が籠められていたようであった。

「わしは道場があるので、たまにしか付きあうことができんが、当分はごろごろしてもらってかまわんぞ。ま、しばらくは旅の疲れを癒すがよいだろう」

「そうもいかん。こう見えても軍記読み、講釈語りの端くれなのでな。どこの城下に行っても、城郭の縄張り、濠《ほり》のめぐらし方、石垣の積み方、土塁や空堀《からぼり》の配置などを、おのが目で䂓と検分しておるのだ。またどの城下も、一番の弱点に寺を集めて寺町にしておるが、あれは城郭の一部、あるいは砦《とりで》と考えてまちがいない。寺にしては濠が深く、石垣は高く、練塀は頑丈に造ってある。鉄砲や弓の狭間《はざま》を、露骨に刳《く》り貫《ぬ》き、枡形《ますがた》さえしつらえてある。軍書、軍談に登場する城は、でき得るかぎり実地に調べることにしておるのだ。軍記を読むときに、それがおおいに役立つのでな」

「園瀬藩は軍記、軍談には関係なかろう」

「花房川と言うたか、あの川に架けられた橋を渡り、番所で手形を見せて手続きをすませた。だれを訪れるのだと問われたので、岩倉源太夫どのだと答えたら、番人のこちらを見る目が変わった。新八郎よ、おぬしなかなか評判がいいようだな」

「おだててもなにも出んぞ」

「驚いたのは堤防に立ったときだ。いやあ、遠目にもわかるほどの、見事な縄張りだな。これまでにあちこちの城下を見て廻ったが、園瀬は十本の、いや、五本の指にまちがいなく入る」

「それほど気に入ったのであれば、案内を付けてやってもよいぞ。とは言うものの、弟子には詳しいのはおらんなあ。町方に知りあいがおるので、頼んでやってもよいが」

「ありがたくはあるが、ご免蒙《めんこうむ》ろう」と、一瞬ではあるが無庵は顔を曇らせた。「町奉行所の同心や小者は、余所者《よそもん》を御公儀の密偵かなんぞのように心得て、そうでなくても目を付けやがるからなあ」

どうやら何度か、苦い汁を飲まされたことがあるらしい口吻《こうふん》だ。

「軍書読みでもか」

「芸人、修験者、虚無僧あたりが、一番化けやすいとのことでな。軍書読みはその最たるものだそうだ」

「町方が苦手なら、前山に登るといい」と、源太夫は開け放った障子の向こう、真南からやや東寄りに見える山を指し示した。「三角形の、握り飯のような山があろう。藩祖九頭目至隆《よしたか》さまは、お国入りするなり、城には向かわず前山の中腹に登って、城下造りの想を練られた。あそこで縄張りを考えたのだ。前山からなら、園瀬の里の七割近くが俯瞰《ふかん》できるのだから、一目瞭然《りょうぜん》だろう」

至隆は盆地の中ほどを流れ、毎年のように氾濫《はんらん》していた花房川を、巨大な蹄鉄《ていてつ》のような大堤を築いて山際に押しやり、その内懐に広大な水田を抱えることに成功した。五年を費やす大工事であったが、お蔭で水害に遭う心配もなく、毎年、安定した収穫を確保できるようになったのである。

「それでだな、園瀬三万六千その実五万、と言われておるのは。わしの見たところ、その実六万か」

幻庵が一瞥《いちべつ》したが、無庵は気付かなかったようだ。

「ほほう、そんなふうに言われておるのか」

「そんなことさえ知らんのかと言いたいところだが、ここに住んでおる者にはわからん、ということか。ま、当然だな。外から見るから、却ってわかることもある」

「百聞は一見に如《し》かず、という。まずは登って、自分の目でたしかめたらどうだ」

「明日にでも行ってみるか。どうせ暇ではあるしな」

その夜は旅の疲れもあり、ほろ酔い加減になったこともあって、無庵と幻庵は五ツ（午後八時）には床に就いた。

荷物持ちの下男は、権助が道場の一室に案内した。なにかのおりにだれかが泊まりこむこともあるので、小部屋を作ってあったのだ。弟子の一人が父の敵《かたき》を討つために住みこんで、源太夫の特訓を受けたこともある。

重い荷物運びで疲れたのだろう、下男は夕食を喰うなり六ツ（午後六時）まえには寝てしまったようであった。

三

朝食を摂ってから四半刻ほど休むと、みつの作った握り飯の包みと大刀を幻庵に持たせ、脇差に鉄扇、腰に矢立てという出で立ちで、無庵は前山に向かった。

常夜燈の辻にも高橋《たかばし》にも下っ端役人が番所に詰めているので、源太夫は番人に顔をあわさずにすむ道を教えた。

農作業用の道を通って大堤に出て西へ、つまり上流方向に少し歩き、途中で河原への道をおりてゆく。その先に、繋《つな》いだ板を渡しただけの流れ橋があるので、それを渡って今度は東、下流への道を取ると、その先に前山に登る道があった。

荷物を運ばなくてもよいので自由にしていいと放免《ほうめん》された下男は、神社仏閣などには興味がないらしく、また女と遊ぶとしても、どこでどうすればいいのか、だれに訊けばいいかもわからないからだろう、軍鶏の世話をする権助のあとを、金魚の糞のようについて廻った。

大鉢に糠《ぬか》と刻んだハコベを入れ、水を加えて練り混ぜると、一羽ごとに区切られた鶏小舎の、個々の餌箱に落としていく。すべての軍鶏への給餌が終わると、大鉢、菜《な》刀《がたん》、俎板《まないた》などを水洗いするのである。

餌を喰い終わった軍鶏は、一羽ずつ小舎から出して唐丸籠を被せた。籠を少し持ちあげると、軍鶏の歩みにあわせて移動させ、適当な場所で籠をおろして、上に重石《おもし》を載せるのだ。

時期にもよるが、今は雄の成鶏が九羽、若鶏が五羽、雌の成鶏が三羽、若鶏が二羽である。ほかに雛《ひな》が十六羽いるが、これは二つの育雛《いくすう》箱にまとめてあった。いずれにせよかなりの手間を要した。

成鶏と若鶏の全羽を唐丸籠に移すと、権助は小舎の掃除に掛かった。右手の搔き棒で糞をこそげ落とし、それを左手の箕《み》で受ける。さらに五日ごとに柄付き束子《たわし》で擦《こす》り、桶の水を柄杓《ひしやく》でかけて洗い清めた。

次が行水である。古くなった盥《たらい》に微温湯《ぬるまゆ》を張り、軍鶏を立たせると、湯を掛けながら腿の筋肉を揉み解《ほぐ》していく。

できれば全羽をそうしたいのだが、とても時間がない。前日、鶏合わせや味見（稽古試合）をした軍鶏に関しては、かならず手入れをしなければならなかった。

筋肉をやわらかく保たないと、勝負で勝てないし、活躍できる期間も短く、老化が早いからである。

権助は相手が軍鶏に興味を抱いたとわかると、作業を続けながらあれこれと話して聞かせるのが通常であった。だがその日は、無庵の下男とおなじように無言を通した。相手が退屈なだけで、魅力どころか、一片の興味も抱かせなかったからだろう。

日向《ひなた》に出した唐丸籠は注意して、時々移動しなければならない。

羽毛には、銀笹あるいは白笹と呼ばれる白に緑が混じったもの、白黒混合の碁石、赤褐色の猩々《しょうじょう》から、烏と呼ばれる漆黒のものまでいる。色の濃いものは体温の上昇が早いので、要注意であった。軍鶏は体温調節ができず、さげるとしても、せいぜい嘴《くちばし》をおおきく開けるしか、方法がないのである。

権助は太陽と雲の流れを見ながら、かなり頻繁に唐丸籠を移動させた。日溜まりから差し掛け屋根の下へ、あるいは木漏れ日の、風通しのよい木蔭へ、というぐあいにである。

だが中年男は、権助がなぜそんなことをしているのか、わからなかっただろう。いや、知りたいと思いもしなかったにちがいない。

結局、無庵の下男は日暮れまで、ひと言も口を利くことなく、権助のあとを付いて歩いたのである。まさに、金魚の糞というしかなかった。

無庵と幻庵がもどったのは、七ツ半（午後五時）をすぎたころである。もどったあいさつに道場を覗いた無庵は、源太夫が意外に思うほど興奮していた。

風呂を使い、すぐに夕餉となったが、食べながら無庵は喋り続けた。いや、途中で箸を置いてしまったほどだ。武家であれば子供のころから、そのような無作法は厳しく躾《しつ》けられるが、裏返せばそれだけ気が昂《たか》ぶっていたということだろう。

みつが気を利かせて酒も付けてあったのだが、それには触れもしないで、ひたすら喋り続けたのである。

無庵の口から迸《ほとばし》り出るのは、九頭目至隆に対する賞讃の言葉であった。自分の藩の藩祖を褒められて悪い気はしないが、過剰にすぎるといささか白けてしまう。

しかし、個々の城の縄張りと園瀬城の具体的な比較となると、源太夫は驚嘆するしかなかった。無庵は軍書を人に解説できるくらいていねいに読み熟《こな》し、実際に各地で城郭の縄張りを検分しているのである。

それを背景にして、陣の張り方、兵の動かし方、攻め方に守り方、正攻法と奇襲、攻撃より何倍も難しいとされる兵の退き方、殿軍《しんがりぐん》の将の心得、などなどが澱《よど》みなく出てくる。

「榊原」と、思わず源太夫は口を挟んでしまった。「それだけ詳しければ、立派に軍師が務まるではないか」

無庵の表情から一瞬にして熱気が消え、やがて吐き出すように言った。

「こんな平安な世の中に、軍師なんて要《い》らねえよ。軍師の居る場なんぞありゃしねえ。せいぜい軍記読みがいいとこだ」無庵は暗い笑いを浮かべた。「剣客でやっていけねえので、道場のあるじになるか、でなきゃ、用心棒か刺客に雇ってもらうかしかねえのとおなじこった」

「先生！」

めったなことでは口を挟まなかった幻庵が、たまりかねたように師匠を制した。

「いや、わしの言い方が悪かった。褒めたつもりだが、逆に取られたようだ」

「謝るくらいなら、初めから言うな」

ごもっとも、と言いかけて源太夫は言葉を呑んだ。どうやら無庵の神経を逆撫《さかな》でしたようで、なにを言っても火に油を注ぐようなものだろう。

無庵は箸とご飯茶碗を取ると、菜を口に放りこむなり飯を掻きこんだ。さらに、空になった碗に酒をなみなみと満たしたのである。その碗を手に取ったが、飲まずに下に置き、わずかに充血した目で源太夫を睨《にら》み付けた。

「新八。御家大切だけを考えて生きろよ。禄を離れるなんてことは、天地がひっくり返ろうと考えるでないぞ。剣なんぞに命を賭けるな、ましてや剣のため死んだりするなよ。愛弟子《まな》たちに惜しまれて、蒲団の上で大往生することだけを願って生きろ。それがかつての道場仲間である榊原左馬之助の成れの果て、軍記読み乾坤斎無庵の忠告だ」

考えてもいなかった、そして考えることもできない言葉であった。幻庵を見たが、おなじ思いなのだろう、呆気《つま》に取られたような顔をしている。

「なんだ二人とも、狐に抓まれたような顔をしやがって。それほど意外だったか」

にやりと笑うと、「商中《あきないちゅう》」の板を裏返して「閉店」としたように、まったくべつの顔になっていた。ところが語り始めると、たちまちにしてもとの顔にもどったのである。

「ついでに付け足せば、脱藩なんぞはまちがってもするなよ。故郷《くに》を出るなんてことは、ましてや捨てるなんて気は、金輪際《こんりんざい》起こすな。故郷を捨てた者は、捨てたつもりでいても、実際は弾き出され、捨てられたのとおなじことなのだ。時間が経たんとわからんが、ある日、突然、それに気付かされるのだよ」

つい洩らした本音だろう。来たばかりのときに、冗談めかして言ったではないか。乾坤斎無庵の波瀾万丈の半生を語れば、中入り休憩を入れて連夜一刻あまり語り続け、半年続くやら一年となるやらは、語ってみなければわからん、と。

人には言えぬ辛酸を嘗《な》め尽くしたのだ、この男は。

「すまじきものは宮仕え、などと言うが、ありゃ、負け惜しみ、負け犬の遠吠えだ。禄は少なくとも、武士ほど気楽なものはないぞ。人との関わりが苦手で、などと弱音を吐くやつもいるが、禄がなくて世間に相手にされぬことに較《くら》べれば、極楽みたいなものだ」

無庵は知る訳もないが、それがまさに若いころの源太夫であった。しかし、腹は立たない。今にして思えば無庵の言うとおりだし、かれ自身、なぜあれほどまでに苦しんだのかと、奇妙に思うほどであったからだ。

「そう言えば、一子《いっし》を儲《もう》けておったはずだな」

「ああ、家は倅《せがれ》に継がせた。小禄であるが」

「小禄、おおいにけっこう」

「ここは新宅、つまり岩倉家の別家《べっけ》ということになる」

「そういえば、松本のあるじが言っておったな。殿さまが道場を建ててくれたと。

……けッ、馬鹿丸出しだ。だから乾坤斎無庵は、一流になれんということか」

「なんだそれは、おまえらしくないと言おうか、おまえらしいと言おうか、支離滅裂であるな」

「左様。わが来《こ》し方を振り返ればまさに支離滅裂、結果として五里霧中の軍記読み、乾坤斎無庵がいるということだ」

言うなり無庵は、酒がこぼれそうなほど入った碗を摑《つか》むと、ひと息で飲みきった。

「幻庵、寝るぞ」

三人が飲み喰いしていた六畳間の襖《ふすま》を開けると、表座敷の八畳間には、すでに蒲団が延べられていた。

後ろ手で襖を閉めたと思うと、どさりと音がし、ほとんど同時に鼾《いびき》が聞こえ始めた。

「申し訳ございません」と、幻庵が恐縮しきったという顔で言った。「器がおおきいのか、単に変人なのか、どうにも摑み難《がた》き師匠でして」

「お弟子さんもご苦労であるな。酒が足りんのではないのか」

「いえ、十分にいただきました」

「ならよいが、わしなら自棄《やけ》酒を呷《あお》らずにはおれぬだろう」

部屋を出る源太夫の耳に、押し殺したような笑いが、聞こえたような、聞こえなかったような。「はて、空耳であったか」と、源太夫は首を傾げた。

四

「いやー、おっはよう」

　餌をやる権助に付いて廻りながら、軍鶏の体調を見ていた源太夫は、底抜けに明るい声に振り返った。熟睡できたからか、清々しい顔をした無庵が、両腕をあげておおきく伸びをしながら、顎《あご》が外れそうなほどの欠伸《あくび》をしていた。

　源太夫に気付くと、無庵はいかつい顔からは考えられぬほどの、邪気のない笑みを浮かべた。

「爽《さわ》やかな朝は、気持よきものであるな。園瀬の里は、まさに桃源郷だわい。気に入ったので当地に移り住みたいものだが、しがない軍記読みでは職がないわなあ」

　源太夫は肩透かしを喰らった思いがした。

　興奮と酔いが醒《さ》めて、身の置き所がないほど萎《しお》れ切っているか、逆に居直ってしまうのか。寝苦しい夜をすごし、目覚めたとき、今後、無庵をいかに扱うべきかを思い、源太夫はいささか憂鬱《ゆううつ》になっていたのである。

　ところがどうだ、この無庵の晴れやかな顔は。前夜のことなどまるで憶えていないとしか、思えないではないか。それとも、さすがにきまりが悪くなって、忘れたふりを装っているのだろうか。

それはともかく、とまどいを覚えるほどの豹変《ひょうへん》ぶりであった。

まてよ。無庵は芸人、それも語りの芸人である。昨夜まで、そして今朝のこの一瞬を含め、すべてが無庵の芸ではなかったのか。語り芸人に、源太夫はまんまと騙《かた》られたのではないのか。

とすれば、まだまだ見せていない芸や技を、隠していることもあろう。いちいち反応していては、振り廻されるだけだな。少し距離を置いて接したほうがいいだろう。でなければ疲れるばかりだ、と思った。

「文机《ふづくえ》か、その類《たぐい》の物があれば借りたいのだが」

そういえば、高座のまえにはかならず復習《さら》うと言っていたが、翌日からカネヤの戌亥の世話で講釈を始めるため、本に目を通すのだろう。

「お安い御用だ。飯を喰ったら、腹ごなしにその辺を散策でもするとよい。そのあいだに用意させとこう」

調練の広場と濠などを見たと言ったが、無庵は早めにもどると、障子を開け放った八畳の表座敷で、五ッ（午前八時）には本読みを開始した。しかも、胡坐《あぐら》もかかずに正座して、一心不乱に読み始めたのである。その横では幻庵がおなじように、真剣な顔をして黙読していた。

射貫《いぬ》くような眼光で文字を追っているが、そのうちに唇が動き始めた。声には出さずに読んでいるのだなと思う間もなく声になり、声になるやたちまち朗々たる音吐《おんと》となった。

熱中のあまり、自分がどこにいるかも忘れてしまったのだろう。おそらくは、馬の横腹に蹴りを入れながら、馬手《めて》に血刀を振りあげ、弓手《ゆんで》で手綱《たづな》を操って、戦場を疾駆する武者になりきっているにちがいない。

ところが修羅場を一気に読みあげたのは、どうやら予行演習的な口慣らしであったようだ。キリのいいところで閉じると、無庵はべつの本を取りあげて押し戴いたが、それが本番で読む一篇であるらしい。

どうやら「徳利の別れ」の場面のようである。討ち入り直前に、これまで散々迷惑をかけた兄に今生《こんじょう》の別れを告げようと訪れた赤垣重賢《あかばねしげたか》が、不在を知って羽織を兄に見立て、酒を注いで切々と語りかける、聞かせどころである。

七五調の名文句に強弱と緩急、さらに節が付いたと思うと、語る言葉が一段と滑らかに耳に響く。

弟子の幻庵は、しばらくまえから本読みを止めて、師匠の名調子に聴き惚《ほ》れている。

その名調子がピタリと止んだので、驚いた幻庵が顔をあげた。無庵はゆっくりと首を廻して、六畳間との境に目をやった。襖一枚分が開けられたままだが、べつに変わったことはない。

無庵は解《げ》せないらしく首を傾げたが、すぐに目をもどして続きを読み始めた。まるで中断がなかったかのように、滑らかに読み進めて行った。目も閉じられていることが多く、ときおり紙面に目を落とすだけである。指で顳顬《こめかみ》を叩いて、残らずここに入っていると豪語したのは、まんざら嘘でもないようだ。

そして中断。と同時に無庵は襖に目を飛ばした。

襖に半分だけ隠した顔が、上下に並んでいた。市蔵と幸司で、顔を強張らせた二人が、一瞬の間を置いて逃げようとすると、

「逃げなくてもよいのだよ。小父《おじ》さんの名調子を聴きたかったら、かまわぬからここに坐ってお聴き」

この男がこれほどまでにやさしい声が出せるのかと、信じられぬほどの猫撫で声であった。言葉に従うべきかどうか迷って、兄弟は顔を見あわせた。

まさか捕って喰われはすまいが、信じていいものだろうか。なぜなら髷《まげ》を結わずに、八文字の髭を蓄えた侍など、見たことがない。いや、侍なんぞではないのだろう。

二人は前日から客人、特に無庵が気になってならなかったが、なにしろ見慣れぬ風貌である。声をかける決心がつかなかったところに、唸《うな》り声が聞こえて来たのだ。祭りや夜店での香具師《やし》の口上に似た、どこかいかがわしさの感じられる、それでいて妙に懐かしい声であった。しかも耳に心地よい。だから気になって、ついつい近付いて盗み聞きしてしまったのだ。

それでも二人がためらっているので、無庵はさらにやさしく語りかけた。

「小父さんが語るとな、人だけでなく、犬猫や牛馬までが聴きに来る。ギュウバというのは牛と馬のことだ。本当だぞ。このまえなんぞ、狸の親子が聴き惚れてな。小父さんが張扇、と言うてもわからんか」と、無庵はそれを手に取った。「この扇をそう呼ぶのだが、小父さんがポポン、ポン、ポンと調子を取ると、狸の親子が同じように、ポポン、ポン、ポンと腹鼓《はらつづみ》を打ってな」

「嘘でしょ」

市蔵はそう言ったが、もしかしたら本当かもしれないと思っているふうでもあった。

「見破られたか。鋭いな。さすが、兄だけのことはある。まあよい。ここに来てお坐り」

兄弟は顔を見あわせたが、気持は決まっていたらしく、幻庵に目礼するとすなおに無庵のまえに正座した。

「まずは名乗らんきゃいかんが、小父さんは父上の江戸での道場仲間だった、乾坤斎無庵と申す者だ。乾坤というのは天地、つまり大空と地面のことだな。無庵というのは家がないという意味になる。だから小父さんは、天下御免の宿なし男ということだ。以後、お見知りおきを願いたい」

「岩倉市蔵です。八歳になります」

「おなじく幸司です。五歳です」

「市蔵どのに幸司どのか、よろしくな」

「よろしくおねがいいたします」

二人が声をそろえて言うと、無庵は満足そうにうなずいた。

「名乗りあったのだから、これからはわれらは友人ということだ」

言いながら無庵は、文机の横に置いた風呂敷包みから、選んで一冊を取り出した。

「それではあいさつ代わりに、短いところを読んで聞かせよう。小父さんは軍記読みと言ってな、軍記とは昔の戦《いくさ》のことを書いた本だが、今の人にはわかりにくいところもあるので、読みながら説明する、というのが仕事なのだ」

取り出したのは「姉川合戦」で、徳川勢と朝倉《あさくら》勢の戦いでの、真柄十郎左衛門直隆《まがらじゅうろうざえもんなおたか》が活躍する場面だ、と前置きして話し始めた。

「この真柄というお侍は、越前《えちぜん》の刀鍛冶千代鶴《かじちよつる》が作った太郎太刀を武器《えもの》としたが、七尺八寸（約二百三十六センチメートル）もある大太刀、と言うてもわからんか。小父さんの背丈が五尺三寸（約百六十一センチ）なので、それより二尺五寸（約七十六センチ）だから、これくらい長いことになるな」と、無庵は両手をおおきく拡げた。

「この部屋の天井に届くくらいの、大太刀である。まるで柄の短い大薙刀《なぎなた》だな」

「本当？」

「と、この本には書いてある」

そう言ってから、無庵はおもむろに読み始めた。

「直隆、景健《かげたけ》の苦戦を見て、太郎太刀を振りかざし、馬手弓手当るを幸ひに薙《な》ぎ伏せ斬り伏せ、竪《たて》ざま横ざま、十文字に馳《はせ》通り、向ふ者の兜《かぶと》の真向《まっこう》、鎧《よろい》の袖《そで》、微塵《みじん》になれやと斬つて廻れば、流石《さすが》の徳川勢も、直隆一人に斬り立てられ、直隆の向ふ所、四五十間四方は小田《おだ》を返したる如《ごと》くになつた」

そこで止めると、無庵はにやっと笑った。

「はい、無料《ただ》のお客さんはここまでだよ」

「なあんだ」

とふくれる市蔵に、

「というのは嘘でな。二人は小父さんの友人だによって、聴きたいときに好きなだけ聴いてよろしい」

市蔵と幸司は歓声をあげて拍手した。

そんなふうにして無庵は、二人をすっかり仲間に引き入れてしまったのである。

五

みつと源太夫から、邪魔にならぬようにと強《きつ》く言われていたので付きまといこそしなかったが、市蔵と幸司は無庵と幻庵の、いわゆる復習《おさらい》を熱心に聴いていた。

「難しい言葉ばかりだから、よくわからないでしょう」

みつにそう言われても、

「わからない言葉もありますが」

市蔵が負け惜《お》しみのようにそう言ったのは、たとえわからなくても聴いていたかったからだろう。なにしろ耳に心地よいし、聴いているだけで、体も心も浮き浮きわくわくしてくるのだ。

たしかにあいさつ代わりに読んでもらった「姉川合戦」のさわりは、軍記、軍談ということもあって、ほとんど理解できなかった。だが、翌日から五日間で語るのは、主従の情を描いた『義士銘々伝』である。語り流すのを聴いたところ、子供にも理解しやすかったのだ。

邪魔せぬようにと二人に注意したみつも、お茶を運んだときなど、襖近くに坐って、区切りのひとくさりふたくさりを聴いていたのである。

結局、市蔵と幸司は、夕暮れどきになって無庵が本を閉じるまで、厭《あ》きもせずに聴き続けたのであった。

説明的で長めの地の文よりは、短くて調子のよい台詞が覚えやすいということもあるのだろう。それからは、会話の中に名台詞が頻出するようになった。相手をからかうときには、「鮒《ふな》だ鮒だ、鮒侍だ」とか、「さて錆《さび》たりな赤鰯《あかいわし》、ははは」であり、見得を切りたいとなると、状況に関係なく「天川屋義平《あまかわやぎへい》は男でござる」を捩《もじ》って、そこに自分の名を入れるという調子であった。

塩冶《えんや》判官のつもりになった市蔵が、「力弥《りきや》、力弥、由良助《ゆらのすけ》は」と問うと、幸司がすかさず「いまだ参上仕《つかまつ》りませぬ」と受けて、二人が顔を見あわせて笑う程度の、他愛ないものだ。

「よく厭きないものですね」

みつがそう言うと源太夫が、

「いくら気に入っても、一生続けることはあるまい」

あきれたという顔になったが、みつもそれ以上は言わなかった。

翌朝、源太夫と無庵、そして幻庵が庭に出て、権助が軍鶏を世話するのを見ていると、中老芦原讃岐の中間《ちゅうげん》がやって来た。若党から家士に取り立てられた東野才二郎は源太夫の弟子なので、それまではかれが連絡係となっていたのだが、登城する讃岐の供を務めることが多くなっていたのである。

「お客人ですので、改めます」

もどろうとするのを引き止めて用件を訊くと、久し振りに一献傾けたいので、本日六ツ半（午後七時）を目安に屋敷に来てもらえるかどうか、伺ってこいとのことだということ。

「池田さまも、お見えになられるとのことです」

「盤晴が来るとなれば、行かずばなるまい。よろしい、参ると伝えてくれ」

三人の剣の師匠である日向主水の葬儀で顔をあわせて、まだそれほど日数も経っていない。とすると、単に飲みたくなっただけということだろうか。

午前中は、その夜、カネヤの戌亥が設けてくれる高座で掛ける演目を、ひと通り流し、昼食を終えたところに、駕籠《かご》が迎えに来た。一挺《いっちょう》ということは師匠の無庵だけで、下男は当然として弟子の幻庵も歩きということであった。

五日連続で語るのだが、その間は先方に寝泊まりする。語り終えれば当然、客たちと飲むことになるからだろう。本場の芸人は、こんな南国までめったに来ないので歓待されるのだ。

岩倉家にもどれぬ距離でもないが、飲めば億劫《おっくう》になるだろうし、夜道ということもある。泊まるほうが楽だし、安全でもあった。

無庵から友人扱いされた市蔵と幸司は、数日の別れが寂しいと言ってまとわり付き、無庵をほろりとさせた。どうやらこの男は、年少の子供に慕われたことがなかったらしい。

「成功を祈る」

「ああ、よき戦果を土産《みやげ》に凱旋《がいせん》しようぞ」

と、いかにも軍記読みらしく、芝居掛かった台詞を残して、主従三人は戌亥のもとへと向かった。


重職である芦原讃岐の屋敷は、ゆるい扇状の斜面に展開する屋敷町の、西の丸に近い位置にあった。源太夫は余裕をもって、六ツを四半刻すぎたころに屋敷を出た。

権助が提灯《ちょうちん》持ちとして供をすると言ったが、源太夫は断った。帰りは暗くなりますからと下僕は粘ったが、かれは闇夜でも見えるようにとの訓練を続けていたので、暗いほうが好都合なのである。真の闇夜ならさすがにむりだが、星月夜であれば、昼間とおなじという訳にはいかなくても、十分に見ることができた。

「盤睛は遅れるのか」

書院に通されたがだれも居なかったので、そう訊くと讃岐は首を振った。

「池田は来ぬよ」

「どういうことだ」

「どこでだれが聞いておるやも知れんでな。念のため、三人で飲むということにしておいた」

「また、妙な動きでもあるのか」

先代藩主九頭目斉雅《なりまさ》が病弱だったことなどが重なって、筆頭家老稲川八郎兵衛が商人加賀田屋と結託して、藩を私物化してしまったことがある。気が付いたときにはどうすることもできなかったが、なぜなら重職たちは弱点を握られて、身動きできなかったからであった。

病床にあった藩主は、なんとかしなければ藩がだめになるとの思いから、当時まだ十代だった現藩主隆頼《たかより》と側室の子で腹違いの兄一亀《いっき》に、起死回生の策を授けた。兄弟は信頼のおける少数の藩士との連携で、ほとんど無血の状態で藩政を正常にもどすことに成功した。

岩倉源太夫はそのおりの功労者の一人で、稲川の放った刺客を倒し、中心となって動いた当時の中老新野《あらたの》平左衛門《へいざえもん》から藩主への密書を、側用人的場彦之丞《まとばひこのじょう》に届けたことで、改革を成功に導いたのである。

しかし、目立った論功行賞は行われなかった。

首謀者の稲川は改易され、身分の剝奪《はくだつ》と家屋敷の没収、家族の領外追放と本人は押し込めの処分を受けた。稲川の懐刀と称された物頭の林甚五兵衛《はやしじんごべえ》は、二百五十石から百五十石に減石され、一年の閉門となった。

厳しかったのはこの二人のみだが、本来なら当然、かれらには切腹が言い渡されるところである。また重職の何人かもおなじく切腹に該当するが、役を解かれ、隠居させられただけですんだ。

これは藩政を正道にもどすのが本来のねらいだったのと、御公儀を配慮して、おおきな騒動にしたくなかったからである。

なお、筆頭家老稲川と結託して巨利を貪《むさぼ》った加賀田屋のあるじは斬首となり、家財は没収された。ただし奉公人に罪はないとのことで、大番頭が新しい主人となるとの条件付きで、店の存続は許された。とはいうものの、もとの主人の悪行が祟《たた》ってか、二年ともたずに倒産《つぶれ》てしまったのである。

政変後、空白となった筆頭家老に次席の安藤備後《あんどうびんご》が昇格、家老から裁許《さいきょ》奉行に降格させられていた九頭目一亀は、強く辞退したものの、老職全員の推挙で次席家老になった。また中老だった新野が家老に、新野の信頼が篤《あつ》い芦原弥一郎は、目付から中老に出世し、名を讃岐と改めた。

源太夫にはほぼ半年後に、願い出ていた道場開きに対して許可がおりた。それだけでなく、藩主が屋敷付きで道場を建ててくれたのである。それが功労に対する、藩からの見返りということであった。

藩政は正常にもどったはずであったが、筆頭家老になったばかりの安藤が、稲川とおなじ轍《てつ》を踏んでしまった。商人と癒着して私腹を肥やすことに走ったため、先年処分されている。それにより、新野平左衛門が筆頭家老になった。

源太夫が「また、妙な動きでもあるのか」と言ったのは、安藤のような不逞《ふてい》の輩《やから》が懲《こ》りずに動き始めたのか、と思ったからである。

「であれば、それほど案ずることはないのだが」

「すると」

「ああ。重職が商人と癒着を起こすことがないようにとの手は、あれこれと打つことができた。これも稲川と安藤のお蔭と言っていい」

「きつい皮肉だな」

「たしかにそうだが、皮肉とばかりも言い切れん。あの二人が、膿《うみ》を出し切り、二度と膿が溜まらぬ方法を、教えてくれたようなものだからな」

「となると」

「御公儀に目を付けられた節がある」

「たしかなのか」

「ほぼまちがいないだろう。話が一亀さまからだからな。藩主家にはなにか、わしらにはわからぬ方法があるようだ」

「将軍家の御庭番のようなものか」

「ないとは言えぬ。あのときも、蔭で動いた者がいたような気がしてならないのだ」

あのときとは、例の政変のことである。

「しかし、御公儀がなぜ、そしてどこに目を付けたのだろう」

「稲川を処分したお蔭で、思ったよりも早く藩の立て直しができた。その主たるものが、莨《たばこ》の専売と荒地の開墾《かいこん》によるものであった。借金を完済し、多少の余裕もできはじめた。いかに巨額を、稲川や加賀田屋が懐に入れておったかという、証明でもあるがな。稲川と加賀田屋からの没収で、かなりな借財の補塡《ほてん》ができたのだ」

園瀬藩では良質の莨が栽培できたが、扱いは藩内の商人たちにまかされていた。かれらが買い取りから乾燥、刻みなどの加工をさせて売りに出していたのである。

ところが高級品が京大坂や江戸で評判を呼んだことから、専売にして収益の分散を防ぎ、藩の借財の返済に充てることにしたのであった。

初代至隆に従って国入りした老舗《しにせ》の近江屋《おうみや》が請け負うとだれもが思っていたが、稲川の裏工作で加賀田屋に決まった。ところがいざ始めてみると、収益は予想を大幅に下廻ったのである。

財政難に喘《あえ》ぐ藩は袋井《ふくろい》村の荒地を開墾したかったが、資金不足どころかまるで欠けていた。

借財をすれば、長期にわたって利子の支払いに苦しめられる。稲川の案は、いっさいを商人に請け負わせるかわりに、その土地を私有地として与えるというものであった。

広大な土地持ちを生むために猛反対が起きたが、代案を出せないのが弱味であった。大地主を生むにしても、収穫した四割は藩庫に入り、開墾が失敗しても藩に負担はかからない。

ということで稲川は、加賀田屋に請け負わせることで強引に押し切った。

政変で稲川と加賀田屋が処分されると、一、二年で結果が出始めた。

莨の専売は、当初産物売捌《うりさばき》方が出した数値を、上廻る収益をあげたのである。加賀田屋の所有となっていた水田は、藩の直轄として百姓に貸し与え、代官を置いてこれを管理することになったが、こちらも予想を超える額を藩にもたらした。

「五年で赤字を解消し、以後は藩庫を潤すようになったのだ。赤字が大幅に減少し始めると、当然のように商人が注目する。すぐに御公儀にも知れる。となれば、その実態を知らずにはいられないだろう。なにしろ、こんな言われ方をしておるくらいだからな」

「園瀬三万六千その実五万、あるいは六万」

「おッ！」と、よほど驚いたのだろう、讃岐は目を真円に見開いた。「なぜ、知っておるのだ。……一体、だれに聞いた。浪速《なにわ》や江戸の藩邸の者なら知っていてふしぎでないが、当地から動かぬ新八郎が知っておるとは意外だ。そう言われるようになったのは、たかだかこの二、三年のことだからな」

それを聞いたのは、榊原左馬之助こと軍記読みの乾坤斎無庵である。まさか、かれが御公儀の隠密などということがあろうか。

だが、明らかに同一人物なのに、ほとんど重なりあうことがないほど変貌して、そのことに源太夫が違和感を抱いたのも事実であった。接近してきたのが急だったのも不自然で、考えられぬことではない。

「その御公儀隠密とやらに、だ。おそらくまちがいはないと思うが」

「断言できぬだけの、気懸かりなことがあるのか」

「おおありだ。もしも本物だとすると、あまりにも大胆すぎる」

蛇ヶ谷の松本に泊めてもらったおり、源太夫とは新八、左馬と呼びあう仲だと言ったとのことである。たしかに椿道場では仲間であったが、そこまで親しくはなかった。

源太夫を新八郎または新八と呼ぶのは、芦原讃岐、藩校千秋館の責任者となった盤睛池田秀介、剣の師匠である日向主水くらいである。江戸の椿道場では、旗本の三男坊秋山精十郎たった一人であった。

それにしても、である。

「果たして、正々堂々と真正面から乗りこんでくるものだろうか。しかも、しがない田舎の道場主の所になんぞ」

「軍鶏道場、ではなかった、直接、岩倉道場に来たのだな」

ひと唸《うな》りすると、讃岐は考えこんでしまった。瞼《まぶた》が細かく、しかし猛烈な速さで痙《けい》攣《れん》し始めた。この男の頭が、総力をあげて回転しているときに示す反応だ。

そして顔をあげ、きっぱりと言った。

「それが隠密の要諦《ようてい》かもしれんぞ。隠密は文字どおり、人知れず隠密に動く、だれもがそう思いこんでいる。証拠を残さぬように、密やかに蔭を選んで、姿を見せず、声を発することもなく。それが忍び、忍者、隠密だとすれば、逆を衝《つ》いて堂々と動けば、却ってだれもが、隠密だとは思わないのではないだろうか」

「それも一理あるな。……まるっきり外れってこともあるだろうが、取り敢えず聞いてくれるか」

「当たりまえだ、聞かいでか」

六

源太夫は自分の印象や感じたことは、いっさい挟まずに語った。事実だけを並べて、讃岐の判断にまかせたほうが賢明だと判断したからだ。

ゆえに、乾坤斎無庵こと榊原左馬之助の一行が蛇ヶ谷の松本に着いてから、今日の昼すぎに興行のため戌亥のもとに出立するまでを、時間を追って淡々と語ったのである。

「黒白《こくびゃく》いずれとも付け難し。黒と言えば真黒だし、白と言えば一点の汚れもない純白だ」

長い思案を経て讃岐はそう言ったが、かれの中では答が出ているのかもしれない。

だが結論は保留のまま、讃岐は岩倉道場に来てからの無庵たちの動きを、源太夫に順を追って整理させた。

道場へ現れる前日、かれらは昼前に蛇ヶ谷の松本に着き、昼食を摂った。

夕刻より一刻半、たっぷりと読み聞かせ、その後、作蔵と飲んだ。そのおり、園瀬には岩倉源太夫という剣豪がいると知り、江戸椿道場での相弟子だと明かす。

翌日が岩倉道場での第一日目である。

朝、松本を出て昼前に着き、食後ひと休みして戌亥の所へ興行の件で出掛けた。うまくいったらしく、日没前にもどる。軽く酒を飲みながら、軍記読みや講釈についてひとくさり。各地の城郭を自分の目で検分していると言い、園瀬の縄張りをべたぼめする。前山からだとほぼ全域が俯瞰《ふかん》できると源太夫が教えた。

そのとき、故意かうっかりかはわからぬが、無庵が「園瀬三万六千その実五万」と洩らす。

早めに就寝。

二日目。

朝食後、無庵は幻庵と前山へ。

下男は終日、権助に付いて廻る。

七ツ半（午後五時）にもどった無庵は興奮し、夕餉のおり各地の城郭について語るが、やたらと詳しい。その後、「御家大切にしろよ」などと言いたいことを喋り、寝てしまう。

三日目。

無庵と幻庵は、五ッ（午前八時）には復習《おさらい》を始める。

夕刻まで続けるが、いつの間にか市蔵と幸司に慕われるようになっていた。

四日目。

朝、源太夫、無庵と幻庵、権助が庭にいるところに、讃岐の中間が来る。

無庵は午前中、軍記に目を通す。

午後、駕籠が迎えに来たので、主従三人は戌亥のもとへ行った。

夜、源太夫が讃岐を訪問。

となる。

「興行に行った三人は、五日のあいだは向うに泊まるのだな。荷物は預けたのか、すべて持って行ったのか」

「置いて行ったかもしれん。調べてみよう」

「それは危険だ。芸人は普通、荷物はすべて持って移動する。もし隠密なら、相手が気付いているかどうかを知るために置いて行くが、触れただけでわかるように細工してある」

「なるほど、迂闊《うかつ》には動けんな」

「無庵は道場時代、新八郎にはかなわなんだそうだが、今はどうだ」

源太夫は一瞥しただけで、かれら主従の力を見抜いていた。だから断言した。

「落ちておるだろう。藩を脱してからも、励んだようではない」

「弟子の幻庵は」

「体は華奢《きやしや》だが、身のこなしは軽い。師匠よりはかなり上だろうな」

「下男はどうだ」

「金で雇われた人足だ。権助が話し掛ける気にもならなんだほどの鈍物だ」

「そやつが御公儀隠密で、太平記読みの主従が目眩《めくら》まし役だとすると」

「太平記読みとは、軍記読みのことか」

「太平記を読み始めたのが最初で、そのうちべつの本も読むようになったらしい。だから今は、軍記読みと呼ばれておるのだろう。それはともかく、下男が親玉だとすれば、相当に手強いな。権助の眼さえごまかしたとなると、ただ者ではない」

「実物を見ていないからそう思うのだよ、弥一郎。ありゃ、どう見たって案山子《かかし》だぜ」

「やつ、あるいはやつらが園瀬のなにを、あるいはどこを調べに来たのかはわからんが、軍記読みというのは考えた隠れ蓑《みの》だな。仕事の参考にするため、実地におのが目で検分していると言っておけば、疑われることはない」

「前山から大堤や城下を見てしきりと感心していたようだが、園瀬三万六千その実五万とは直接は繋がらん」

「莨の専売と、袋井村の開墾に興味を示したら要注意だが、調べるとしても、他人《ひと》には気付かれぬよう、黙って調べるであろうな」

「無庵だがな、当初思っていたより芸はできるようだ。弟子の幻庵が、自分の稽古を忘れて聴き惚れていたし、意味がよう理解できんとは思うのだが、市蔵と幸司が厭きもせずに、一日中、聴いていたのだ。どの程度の芸人か、人気はどうなのか、知りたいものだな」

「江戸に問いあわせても、往復だけで最速でも十日はかかる。調べる期間を入れれば、半月以上か」と思案してから、讃岐は続けた。「語り芸人は、よほどの事情がなければ一箇所に半月といない」

「短期決戦で決めねばまずかろう」

「ひと思いに罠を仕掛けてみるか」

「一度かぎりで、失敗は許されないし、証拠を残してはならぬ。裏目に出ると事だ」

「勝負するのではない。隠密かどうかを炙《あぶ》り出す仕掛けだ」

「いい考えがあるのか」

「これから考える。ともかく油断するな。気取られぬよう、これまでどおり振る舞え。道場にもどるまで五日あるからな、そのあいだに策を練ろう。興行が終わったのに、いつまでも留まることはできん。留まらねばならぬとなれば、なんらかの理由を考えてくるだろう。いずれにせよ、五日後に動きがあるはずだ」

源太夫が讃岐の屋敷を辞したのは、五ツ半（午後九時）を少し廻ってからであった。


園瀬の盆地を取り巻く山は、西がもっとも高くて険しく、屏風《びょうぶ》のように連なっている。北は西に似ているが、それほど高くはない。南は丸みのある山塊が幾重《いくえ》にも重なりあっていた。東が一番低くなだらかだ。

その低い山から出て来た太陽が、新鮮な光を盆地のほぼ全域に投げ掛けた。清潔な陽光を受けて白髪頭を輝かせながら、権助が軍鶏の餌箱に練餌を落としてゆく。

餌の喰いっぷりを見て、源太夫は個々の軍鶏の体調を、ほぼ知ることができた。

権助は黙々と役目を果たし、源太夫も話し掛けることはまずない。その権助が、餌入れを地面に置いた。

「濠に緋鯉が現れましたが、ご覧になられましたか」

言いながら、忠実な下男は先に立って歩き始めた。

この下男は問われれば答えるが、自分から話し掛けることはまずなかった。という
ことは、ぜひにも耳に入れておかねばならぬことが、出来《しゅったい》したのである。

道場付きの源太夫の屋敷は、東西両隣が空地、北は道を挟んで調練の広場、南が濠
となっている。濠に面した敷地の外れは、母屋からも道場からも離れているので、話
を聞かれる心配はまずない。

権助は濠を見おろしながら、低い声で言った。

「大旦那さまはお気づきでしょうから、余計なことかもしれませんが」

源太夫は黙ったまま先をうながした。

「主人と家来、あるいは師匠と弟子では、どちらが偉いのでございましょうね」

「通常は主人、それに師匠だ」

「通常でない場合は」

「やはり権助も気付いておったか。そんなふうに廻りくどく申さず、普通に喋ってよ
い」

権助はぽんと額を打ったが、照れ隠しなのだろう。

「ここで、ここでございますよ」

と、権助は足もとを指差して強調した。

「つまり、聞かれたくない話をしていたということだな」

「師匠が弟子を叱り、文句を言い、指示し」

「見た目はそう見えるが、実際は弟子が師匠を叱り、文句を言い、指示していたということだな」

「としか思えませせなんだ。しかし、そのようなことが本当にあるのでしょうか」

権助はすっとぼけている。

「ある訳がないが、おまえが見たのだから、あったということだな」

「いけない、いけない、軍鶏の餌が途中まででした。次のやつが腹を空かせて、怒り狂っていることでしょう」

忠実な下男は、すたすたと軍鶏小舎に向かった。

六ツ半（午前七時）に東野才二郎が道場に来たが、一刻ほど汗を流し、四ツに登城する讃岐の供をするとのことであった。

「東野」と、源太夫は才二郎を呼んだ。「ついでのおりでよいが、この本を芦原さまに返してもらいたい」

そう言って一冊の本を渡したが、そこには権助から得た情報、つまり無庵ではなく幻庵が、御公儀隠密の可能性が極めて高いとの見解が書かれた書簡が、挟まれていた。

その後、動きは特になかった。

讃岐からも連絡はないが、なるべく動かぬように、覚《さと》られないようにしていたのだから当然である。つまり、隠密が無庵と幻庵だけとかぎらないからであった。二人に近付こうとする人物を見張ったり、危機が迫ったときに側面から援護したり、連絡を担当する仲間がいることも考えられた。

源太夫はかれなりに、これまでの出来事を洗い直して見たが、するとかれらが御公儀の隠密である可能性はますます高く思えた。権助の話で、一気に明確になったのである。

幻庵は極力、目立たないようにふるまっていた。

まず、ほとんど喋らない。喋らないくらいだからおおきな声も出さない。万事につけて控え目で、そのため印象に残らない。整った顔をしているのに、すぐには思い出せない。それは喜怒哀楽の感情を、まるで出さないからである。

ないないない尽くしであった。

一方の無庵は、なにかにつけて目立つ。世話になりながら言いたいことを言うし、かぎりなく暗い面を見せたかと思うと、翌朝は別人のように明るく爽やかになったのである。

役割分担ができているのだ。だから尻尾《しっぽ》を出させるためには、かなり緻密《ちみつ》に計算し、計画を立てなければならなかった。不意を打つためには、錯覚《さっかく》させ、混乱させねばならないのである。

と、そこで源太夫は愕然《がくぜん》となった。どうしても、幻庵の本名を思い出せなかったからだ。

無庵はたしかに幻庵の名を言い、源太夫はそれを聞いていた。無庵が名を告げると同時に、幻庵が咳払いしたではないか。すると無庵が、「わしとおなじで武家を捨てたのでな、昔のことには触れられたくないらしい」と言った。弁解するように言ったその台詞は、はっきりと覚えているのに、どうしても名前が思い出せないのである。

その場にいたのは、源太夫、そして無庵と幻庵、その三人だけである。

みつは茶を出すとすぐにさがった。それを見ながら無庵が、みつの懐妊に気付いたと言い、ほどなく軍記読みの乾坤斎無庵だと名乗ったが、幻庵の本名を言ったのはその直後であった。

それが思い出せない。どうしても思い出せないのである。

無庵に聞けばわかるが、このような事態になってからだと、怪しまれるに決まっていた。荷物運びの下男はおそらく知らないだろうし、聞いたことがあったとしても、覚えてはいないはずである。

名前が思い出せなくなると同時に、思考が先に進まなくなった。

中老芦原讃岐からの連絡はなく、これといった出来事もなく、しかし名前は思い出せないままに、カネヤの戌亥が設けてくれた高座の五日目、つまり無庵たちの最終日になった。

興行が終わればなんらかの動きがある、と讃岐は言った。本来なら、さまざまな動きに対応できるように、いくつもの案を準備しておかねばならない、ぎりぎりの期限であった。

午後になって動きが出た。道場で弟子たちを指導する源太夫を、下男の権助が呼びに来たのである。

戌亥の使いの者であった。

無庵たちは本日の高座を終えると、戌亥の家に泊めてもらい、翌日の朝食後、休憩してから岩倉家にもどる予定であった。ところが、袋井村での興行が決まったので、直接そちらへ向かうことになったとの断りである。

袋井村と聞いて緊張したが、源太夫はさりげなく、終演《はね》決まるまでの経緯を訊いた。

なんでも袋井村の出身者が初日に聴きに来たが、終演たあとの飲み会で、無庵と意気投合したとのことであった。そこで村の連中に、このすばらしい口演を聴かせたいということになったらしい。

男はさっそく村に出向き、村の顔役と話を付けた。高座や客席の準備、客集めの手配などもあるが、一日も早くやってもらいたいとのことで、カネヤでの興行を終えた翌日に決まったとのことである。

これは無庵と幻庵にとって、思いもかけない僥倖《ぎょうこう》だったことだろう。なぜなら袋井村へ行くための口実を、考える必要がなくなったからである。

話の持って行きようで、袋井村の出身者が可能な限り早い高座をと懇願したように運ぶのは、かれらにすれば簡単なはずだ。顔役の戌亥をはじめ何人もがいる中で、「ひと休みしたきところではあれど、たっての望みとあれば、男として引き受けざるを得ませんな」というふうに、恩着せがましくまとめたにちがいない。

「承《うけたまわ》った」と、源太夫は使いの者に言った。「とすると、今宵カネヤでの高座を終えて、そちらに泊めてもらい、明日、袋井村で興行するということであるな。その夜は袋井村で泊まるだろうから、明後日は我家で、凱旋《がいせん》を祝ってささやかな宴を設けるから、そのようにお伝え願いたい」

使いの者は用件を復唱してから、帰って行った。

讃岐の言うとおりであった。やはり動きがあったが、それも袋井村絡みである。

――よし。これで一気に決着を付けられるぞ。

その瞬間に源太夫は、幻庵の本名を思い出したのである。どうしても思い出せなかったのに、それを嘲笑《あざわら》うかのようにすっと出て来たのだ。

鳴海三木助。

それが軍記読み乾坤斎幻庵、御公儀隠密の名であった。無庵が言った瞬間、幻庵は咳払いした。今にして思うと、冷静沈着なかれにしては、いささか狼狽《うろたえ》気味であった。ということは、本名と考えてまちがいないだろう。

源太夫は、鳴海三木助という名を口の中で何度も繰り返し、頭と心に刻みこんだ。

かれは着流しに雪駄履き、脇差のみという格好で、陽が落ちてから屋敷を出た。当然だが供はなしであった。真っ直ぐに讃岐の屋敷に向かったが、気は張りめぐらしていた。だが、跟《つ》けられている気配はない。

もちろん、仲間がいての話だが、「園瀬三万六千その実五万」の噂についての下調べが目的であれば、多人数を送りこむ可能性は低いと思われた。なにをどのように探ればいいかの問題点が明確になれば、それに詳しい専門家を人選するだろう。そのほうが効果的で、むだも省《はぶ》けるからだ。

停滞していた思考が解き放たれたように、さまざまな案が頭の中を駆けめぐった。次から次へと案が浮かぶ。讃岐と源太夫、二人の考えを融合させれば、御公儀隠密といえども、闇から闇へと葬《ほうむ》れるはずである。

なによりの強みは、こちらが相手の考えや動きを知っており、しかも相手に気付かれていないということであった。

藩を護るということは、理不尽な外圧に潰されず、それを打ち砕くことである。領民を護るには、それしか方法はない。

源太夫は門番に名を告げ、開けられた耳門《くぐり》から邸内に入った。

七

源太夫は用意を整えて、無庵たちの帰りを待つことにした。もっとも用意と言っても、母屋と道場のあいだの庭に、床几《しょうぎ》を三つ置いただけであった。

権助が子供たちのために造った二坪半ほどの、瓢箪《ひょうたん》形をした池にトンボが来ていた。水面近くで二匹が連なったまま飛び、片方が胴体の先端をときどき水面に着けている。卵を産み付けているのである。

暮六ツ（六時）近い時刻なので、弟子たちが三々五々、あるいは単独で、源太夫にあいさつして帰って行く。

「おもどりになられました」

権助の声で門を見ると、無庵と幻庵、荷物運びの下男のほかに、もう一人いた。袋井村の者が、土産物を運んでくれたらしい。

二日前にカネヤの使いが帰るとき、源太夫は無庵たちが園瀬にもどれば、ささやかな祝宴を催すつもりだと伝えておいた。料理も用意したいので、岩倉家に到着する日時がわかれば、教えてくれるようたのんだのである。

前日に連絡があり、今日の六ツになるとわかったので、それにあわせてあれこれと準備をしておいた。

「文字どおりの凱旋となったな」

声を掛けながら、源太夫は二人に、坐るようにと床几を示した。袋井村の土産は権助が持ち、荷物運びの下男とともに母屋のほうに向かっている。

「まず、最初に詫びなきゃならんのだが」

訳がわからないからだろう、無庵と幻庵は思わずというふうに顔を見あわせた。

「実は女房がおらんのだ」

「若い男を作って逃げたか」

すかさず無庵がまぜ返す。

「冗談としてもきつくはないか」

苦笑してから源太夫は事情を打ち明けた。

今日の朝のことだ。

無庵たちがもどるのは六ツになるから、腕を揮《ふる》ってくれよと言うと、みつはきょとんとなり、それから頰を膨らませた。子供を連れて遊びに行く約束を、修一郎の妻としていたのに、源太夫が忘れていたからである。

「修一郎というのは、先《せん》の女房との倅でな。市蔵とおない年の息子がいるのだ。変更してもらえと言ったのだが、向うの都合で今日に変えてもらったので、それはできんと言い張る」

「そんなことなら、なにも気にすることはない。酒はあるのだろう。料理がない、酒もないとなると、さすがに温厚なわしも怒らん訳にいかんがな」

「料理屋に仕出しをたのんだので、六ツ半（七時）に届くことになっておる。ところで、カネヤでは連夜、満席の盛況だったそうだが、袋井村のほうはどうであった」

祝儀をたっぷりと弾んでもらったらしいのは、無庵の顔色からわかったが、源太夫は礼儀として訊いた。

「向うが予定しておった倍を超える入りで、もう一晩、演《や》ってもらえぬかと懇願されたのだが、夕刻にもどると約束しておったのでな」

「こんなことになるなら、期待に応えればよかった。それにしても、榊原にしてはめずらしく律義ではないか」

「めずらしくとは、これまたけっこうなあいさつであるな」

豪快に笑ってから、無庵は意味ありげに幻庵と顔を見あわせた。

「ま、それについては土産話があるのだ」

「よし、のちほど飲み喰いしながら、たっぷりと聞かせてもらおう。そのまえにひと汗流して来い。では、師匠から」

権助を呼ぶと、無庵を風呂場に案内するよう命じた。

中老の芦原讃岐とは綿密な打ち合わせをしたが、そのまえに解決しなければならない問題がいくつかあった。

まず、みつと子供たちをどうするかだ。場合によると、いやまちがいなく殺傷沙汰になるが、それを市蔵と幸司に見せることだけは、源太夫としては絶対に避けねばならなかった。

無庵の正体を知らない二人が、あれほど急激になついてしまうとは、源太夫も予想していなかったのである。だが、そうなったからには十分に考慮しなければならない、おおきな問題であった。

源太夫と讃岐は、出せるかぎりの知恵を出しあって案を並べたが、最終的に讃岐が選んだのが、みつが倅の女房と約束をしていたのを、源太夫が忘れていたとの案であった。理由がもっとも自然に感じられたので、源太夫も同意した。

次が道場の弟子たちの問題であった。

岩倉道場では、特別な場合には早朝稽古や夜稽古もおこなうが、基本的には日の出から日没までとなっていた。

明六ッに開始できるよう、若い弟子がその四半刻（約三十分）まえに来て、拭き掃除などの準備をするのが決まりであった。

終わりは暮六ッで、弟子たちは壁の名札を裏返し、表からではなく裏口から出る。庭で軍鶏を見ている源太夫に、あいさつするためであった。朝とおなじように若手が掃除と片付けをし、最後の弟子が戸締りをして、鍵を権助に渡して引きあげるのである。

打ち合わせをしたのは、カネヤの使いが日時の連絡をするまえであった。そのため、その時点で決めたのは、最後の弟子が道場を出るのを確認してからおこなうことであった。おおよそ、六ツを四半刻すぎたころである。

源太夫も讃岐も、できるかぎり人に知られぬようにと考えていた。しかし、実際にどうやるかとなると、完全に意見が対立したのである。

無庵の腕はわかっているし、幻庵も恐れるほどではない。となれば源太夫は、自分に任せてほしかった。死骸の処理などがあるとしても、知る者が最小限ですむからだ。

だが、讃岐は受け容れなかった。相手は二人だし、どんな手を遣うかわからないというのである。毒薬を塗った手裏剣や吹矢、あるいは撒菱《まきびし》などのほかにも、考えも及ばないような武器を使うことを、考慮しておかねばならない。

それ以上に讃岐が心配していたのは、一人が立ち向かっている隙《すき》に、もう一方が逃走することであった。取り逃がすようなことにでもなれば、御公儀がどのような手を打ってくるかわからないからだ。

母屋と道場が建てられた敷地は、塀と生垣で囲まれているが、両隣は空地で北側は道となり、さらに調練の広場となっている。南は濠に面しているので、隠密が逃亡するには楽な立地だろう。

「こういうことは、いくら慎重におこなっても、慎重すぎるということはないのだ」

無庵たちが暮六ツにもどるとわかった段階で、最終的に讃岐が採ったのは次のような計画である。源太夫にすれば、石橋を叩いて渡るよりも慎重というか、むしろ臆病と言っていいとの印象であった。

町奉行の指揮のもと、与力と同心の全員、その手先である岡っ引や下っ引を総動員し、さらには徒士《かち》組や槍組からの選りすぐりにも、応援を求めるというものである。

腕の立つ七人が稽古着を着用して弟子に化け、弟子たちが帰っても道場に残り、真剣を手に待機することにした。稽古着の下には鎖帷子《くさりかたびら》を着こんでいるが、待つあいだに鉢金付きの鉢巻を締め、合図があるか異変を感じたら直ちに飛び出す。

町奉行所の手の者や応援組は、捕物装備となり、突棒《つくぼう》と刺股《さすまた》、そして袖搦《そでがらみ》の捕物三道具を手に、隠密が風呂に入るころまで待って、岩倉家の屋敷を取り囲む。濠には町方を乗せた小舟を三艘出すが、捕り手はおなじように捕物三道具を手にする。

六ツ半になると、料理屋の使用人に化けた町方が仕出し料理の岡持《おかもち》を運ぶ。つまりその場の状況や三人の位置関係、相手の武器の置き場を確認するためだ。また直ちに踏みこむべきかどうかを、判断する意味もあった。

源太夫がくどいほど念を押したのは、事情を知らせるのは町方の与力と同心、そして道場で待機する七人のみとすること。岡っ引をはじめ応援組には、念のための警備だけが任務だが、屋敷から飛び出した者は、どのようなことがあっても捕縛すること。その場合、生死は問わない、というものであった。

また幻庵と無庵を捕縛あるいは殺害した時点で、与力と同心以外は直ちに解散させる、というもので、絶対に守ってほしいと念を押した。この件に関していっさい口外しないのも、当然の条件である。

風呂からあがった無庵と表座敷で飲み始めたところに、幻庵がもどった。

「お先に」

軽く一礼して坐った幻庵に、酒を満たした碗を無庵が渡した。師匠からなので恐縮した態《てい》で受け取ると、軽く持ちあげて礼をしてから、弟子は飲まずに下に置いた。

軍記読みは芸人ではあっても、武士という形を取っているので、大小は差している。少なくとも脇差は腰に帯びていた。

無庵の大刀は、外出時には柄袋をかぶせ、幻庵が捧げ持っているが、今は袋を外して、無庵の坐った右、師弟のあいだに置かれていた。

「ではこの辺で、袋井村の土産話とやらを聞かせてもらおうか。けっこういい話のようだが」

「園瀬の里は、芸のわかる人が多いが、ということは住人の心が豊かだということであるな」

「つまり謝礼のほかに、祝儀がたっぷり出たということだ」

源太夫を無視して無庵は続けた。

「すぐにも聴かせてもらいたいとのことであったが、今日は新八が祝宴を張ってくれるので、もどらんといかん。そこで明日中に袋井村に行き、明後日から三日間、語ることが決まったのだ」

「それはめでたい。祝して乾杯といこう」

言いながら碗を持ちあげると、二人も源太夫に倣《なら》った。無庵と源太夫は一気に飲み干したが、幻庵は口を付けただけで下に置いた。

空になった碗に酒を注ぎ、幻庵にも飲むようにうながしたが、軽く手をあげて応じようとしなかった。

――気付いたのか。それとも慎重なだけなのか。

源太夫も無理強いはしないで、話したくてならないらしい無庵をうながすと、待ってましたとばかり喋りはじめた。

「今回の袋井村では、予想をはるかに超える収穫があってな、軍記読み乾坤斎無庵としておおいに勉強になった。それは城郭の縄張り以上に重要なものがある、ということなのだがな」

無庵の話し方には人を引きこむ強い力があり、源太夫もつい身を乗り出してしまうほどだ。カネヤでも袋井村でも盛況だったのは、本場江戸から来た芸人だからという珍しさだけでなく、無庵の軍記読みや講釈の語りに、人を引き付け感動させる強い力があるからだろう。

「あそこは新しく開墾してできた村だそうだが、あらゆる面で画期的なのだ」

「画期的？　恥ずかしい話だが、園瀬の住人でありながらなにも知らんでな」

「稲を栽培するのは、水田というくらいであるから、水がいかに重要かわかろう。その水をむだなく循環させる水路のめぐらせ方が、実に利に適《かな》っている。だがそれよりも驚かされたのが、本草《ほんぞう》学者や地質、土壌の学者を総動員して、土地そのものを作り替えたということだ」

「作り替える？　土地を？　そんなことができるのか」

「できる。新八が道場で、体だけでなく心を鍛えておるのとおなじことだよ」

「急に話が飛んだな」

「筆頭家老が商人とつるんで蓄財に走り、重職のほとんどが押さえこまれて、暴走を許してしまった。なぜそうなったかというと、武士としての矜持《きょうじ》を喪《うしな》ったからだ。武士が誇りを喪って、武士と言えるのか。……などと軍記読み、講釈語りの分際で、えらそうに説いてもしょうがないがな」

笑い飛ばした無庵は、すぐ真顔になった。

「そのために、藩主は道場を建て、心身ともに健全な真《まこと》の武士《もののふ》を育てることから、藩を立て直すことを始めた。つまり土地そのものの作り替えだ。その重責を担ったのが、新八、おまえであり、岩倉道場だと聞いた」

にやりと笑うと無庵は一気に飲み干した。源太夫は注いでやったが、ひどいとまどいを感じずにはいられない。なぜなら、袋井村の開墾にしろ先の筆頭家老の件にしろ、それを探ることこそが、幻庵たちの潜入した目的であったはずだからである。

いかに椿道場での相弟子だとは言っても、園瀬藩士である岩倉源太夫に、藩政にかかわる重要事を無防備に喋っていいものなのか。いや、良いも悪いも喋ってしまったのだ。かれがだれかに洩らしただけで、無庵と幻庵が縄に掛かることになるのは必《ひっ》定《じょう》であった。

思わず幻庵を見たが、平然と、まるで関心がないという顔をしている。

考えられることは、幻庵が御公儀の隠密だということに、こちらが気付いていると は思ってもいないこと。あるいは警戒はしているものの、源太夫が重職と接触してい ることまでは考えていないこと。知っておりながら、利用するだけ利用し、聞き出す だけ聞き出せば、姿を晦《くら》ませばいい、でなければ殺害してしまえ、ということ。その いずれかであるはずだ。

八

「道場《どうじょ》の先生《せんせ》、庭からでもええかいな」

柴折戸《しおりど》の辺りで声がしたのは、料理屋が仕出し料理を届けに来たのである。「かま わん」と応じると、すぐに岡持を提げた男が現れた。使用人に化けた町方の者だ。

「奥方はお見えではないいんやな」

「適当に並べてくれ」

「ほな、失礼させてもらいます」

男は三人それぞれに頭をさげながら、刺身や煮物の皿を並べ、終えると何度もお辞儀してから帰って行った。

「田舎ゆえ、こんなものしかないが」

「かたじけない。では遠慮のう、いただくとしよう」

足音がして柴折戸が乱暴に開けられたのは、三人が料理に手を付けたばかりのときであった。

「町奉行所の者である。乾坤斎幻庵こと鳴海三木助、ならびにその手先、乾坤斎無庵こと榊原左馬之助。領内における不届きなおこないの廉《かど》により捕縛する。もはや逃れられぬ、神妙に縛《ばく》に就《つ》け」

芸名と本名を並べさせたのは、讃岐と源太夫の考えであった。町方に踏みこまれて不意打ち的に名を告げられれば、いかに訓練した者であろうと、かならず本性を現すはずであった。

陣笠を被った与力が二人、火事羽織に野袴という出で立ちに、指揮十手を右手に持っている。

与力は検使役なので、声を発するなり、実際に捕物に当たる同心が出て来た。こちらは六人いるが、鎖帷子、鎖鉢巻、籠手《こて》、臑当《すねあて》着装で、着物は爺端折《じんじんばしょり》という実戦用の身装《なり》であった。

そのときだ。

無庵が飛びあがった。

すると幻庵が、無庵の大刀を摑むと同時に鯉口を切り、右手を柄に掛けた。

「御公儀隠密はそいつだ！」

幻庵を指差して叫ぶなり、無庵は庭に飛び出した。源太夫の予想もしていないことであった。表座敷の八畳間は南と東が庭に面しているが、南には町方がいるので、無庵が走ったのは東側である。

同時に低い姿勢の幻庵が、弾丸かと思う勢いで追った。

二人が飛び出したとき、大刀は刀架けにあって腰には脇差だけであったが、源太夫は畳を蹴ると同時に鯉口を切り、右手で抜刀していた。

幻庵としてはなにはともあれ無庵の口を塞がなければならず、そのためには斬り殺すしかない。絶対に逃してはならないのである。ゆえに全速力で追わねばならず、無庵が濡れ縁から庭に飛び降りたときには、幻庵の体は縁を蹴って早くも空中にあった。

そうなると鍛え抜いた者とそうでない者、さらには年齢の差がものを言った。四十台半ばを超えた中年と、三十前後の若さでは瞬発力がちがう。

無庵が庭に着地し一歩二歩と駆けたときには、大刀を抜き放った幻庵が、逆袈裟に斬りあげていた。無庵の左脇腹から右肩に掛けて一本の線が走り、と思う間もなく鮮血が吹き出した。無庵は庭石に激突して、背後にひっくり返った。

つんのめるようになってその場に踏み止まった幻庵は、体を回転させて源太夫に正対しようとしたが、振り切った大刀をもとにもどすよりも速く、刀身と腕を一体化させて伸ばしきった源太夫の脇差が、眉間を突き抜いていたのである。

腰から落ち、背後に叩きつけられた幻庵は、すでに絶命していた。

道場に潜んでいた七名が、白刃をかざして庭に雪崩《なだ》れこんで来たときには、すべては終わっていた。かれらはいかにも無念でならぬという、満たされぬ顔のままで、その辺りを歩き廻るしかない。

与力と同心が幻庵の傍に集まったが、調べるまでもなかった。絶命していることは、だれの目にも明らかだったからである。

「終わったので、警備の方々は引き揚げてもらいたい」

「もう一人、荷物運びがおったはずだが」

源太夫の斬撃があまりにも速く、しかも凄まじかったからだろう、そう言った与力の声は震えていた。源太夫はうなずき、おだやかな声で言った。

「金の分配で争いになり、同士討ちになって双方が死んだと、わが下男が言い包《くる》めておるでしょう」

言い置いて、源太夫は無庵こと、かつての道場仲間榊原左馬之助に駆け寄った。おびただしい出血で、もはや助からぬことは明らかだった。

源太夫は榊原の手を両掌に包んだが、すでに体温がさがり始めていた。

「なぜ、あんなことを」

「新八は知っておったのだろう。やつのことも、わしが顎でこき使われていたことも」

源太夫が絶句すると、無庵は弱々しく笑った。

「やはりな。それで、一度も左馬とも左馬之助とも、呼んでくれなんだのか」

源太夫は強く首を振った。

「左馬之助、ちがう、それはちがうぞ」

「弱味を握られて、さんざっぱら脅し付けられ、やむなく従ってはいたが、心の底では憎みきっていた。だが、どうしても逆らえなかったのだ」

「殺されるのがわかっていながら、なぜあのようなまねを」

「どうにも我慢ならなくなったのだ。これ以上、言いなりになりたくなかった」

「ほかにも方法はあっただろうに、早まったことを」

「ちがう。我慢ならなくなったのは、あいつに対してではない。自分に対してだ」

「自分に？」

「人として、一本筋の通った生き方を貫いた新八を見ておると、おのれが腹立たしくてならぬ」

「振り返ればまさに支離滅裂、結果として五里霧中の今の自分がある、と言ったことがあったな、左馬之助」

「あれは本音だが、使い古された言葉を羅列しただけであるな」自嘲的な笑いを浮かべ、左馬之助は続けた。「新八郎、おれもおまえの十分の一、いや百分の一、千分の一でもいいから、まっとうな生き方をしたかったぞ」

「馬鹿を言うな。どう生きようと、だれだって、その場その場で一番いいと思う方法を選んでいる。まっとうでない生き方なんぞ、あるものか」

「ちゃんと生きて来た人間にだけ、言える言葉だ」

「…………」

「辞世」

「……ん？」

「辞世を聞いてくれ」

「ああ、聞かせてもらおう」

「かかる時さこそ命の惜しからめかねてなき身と思ひ知らずば」

「いい辞世だ」

「そう思うか」

「いかにもおまえらしい、味のある辞世だ。教えてくれんか、覚えたいのでな」

「よかろう。復唱しろよ。……かかる時」

「かかる時」と、言われるままに復唱した。

「さこそ命の」

心に刻みながら唱えた。

「惜しからめ」

口ずさみ、続けて五七五と詠《よ》んで、しっかりと記憶した。

「かねてなき身と」

ああ、辞世だ、と思いながら声に出した。

「思ひ知らずば」

繰り返し、後半の七七を朗誦《ろうしょう》し、全体を通して反復した。

「かかる時さこそ命の惜しからめかねてなき身と思ひ知らずば」

しばらくのあいだ、二人は黙ったままだった。やがて、左馬之助が微苦笑した。

「新八、おまえを騙したまま死ぬのもおもしろいだろうが、やめておこう。いつかどこかで持ち出して、おまえが赤恥を掻いては可哀想《かわいそう》だから、教えておくよ。その歌は太田道灌《おおたどうかん》の作だ」

「そうだったのか、太田道灌だな。だがおれは、榊原左馬之助の辞世だと憶えておく」

「新八がそう言ってくれるのはうれしいが、同時に悔しくもあるな」

「悔しい？」

「ああ、自分の言葉を吐いて、腹の底から出て来るおのが言葉を吐いてから、死にたかったぞ」

「自分の思いとおなじであるなら、他人の辞世でもおのが辞世でも、どちらでもいいではないか」

「軍記読みは情けないなあ、辞世まで借り物だ。せめて死ぬときくらい、人の言葉なんぞでなく、自分の言葉で死にたかった」

本音だろう。まちがいなく左馬之助の本音だと、源太夫は思った。

「新八郎、おまえ、本当に、いいやつだな」

源太夫は思わず息を呑んだ。言葉が急に弱くなったからだ。

「たのみがあるのだ」

「なんだ、言ってみろ」

「どこでもいい、河原でも山でもいいから、おれを園瀬に埋めてくれないか。どうせ死ぬなら、この地に埋めてもらいたい」

「わかった、約束する」

かすかに笑ったと思ったら、表情が消えてしまった。

声を掛けられたような気がして、源太夫はわれに返った。とまどったような顔をした与力が、じっと見ていた。どうやら、なんども声を掛けられたようであった。

「正願寺の恵海《えかい》和尚と話が付いておるので、町方で処理いたす。おい」

そう言われて同心が門に駆けて行くと、すぐに引き返してきたが、そのあとから二台の大八車が続いた。二人を殺害して闇から闇へ葬ることは、すべて計算ずみで、なにもかもが予定どおりおこなわれているのである。

ふらふらと、源太夫は立ちあがった。

庭では権助が、水桶の水を柄杓《ひしやく》で掛けながら、血痕を洗い流していた。

源太夫の頭を占めていたのは、市蔵と幸司に、二人がいなくなったこと、とりわけ無庵の小父さんがいなくなったことを、いかに伝えるかと言うことであった。

御公儀隠密の軍記読み乾坤斎幻庵こと鳴海三木助、ならびにその手先、乾坤斎無庵こと榊原左馬之助の二名は、金の分配で口論となった。挙げ句の果てに斬りあい、同士討ちとなってともに絶命した、というのが藩の正式な見解である。

死骸は、寺町の北に位置する正願寺の無縁墓地に葬られた。

荷物運びの下男は、路銀と新しい手形を与えられて、一人で江戸へ帰った。

御公儀が新たな隠密を園瀬藩に送りこむか、当分はようすをみるだけにするのか、それに関してはだれにもわからない。


相当に愚鈍《ぐどん》と見受けられる荷物運びの下男は、町方の岡っ引が一人、蛇ヶ谷盆地の先にあるイロハ峠まで送って行った。だが、かれは松島港には姿を見せず、浪速への船には乗っていない。

愚かな男なので、自分の主人だった男が何者であったかも、自分が置かれた状況がどうであったかも、まるでわかってはいないだろうと思われた。

しかし、芦原讃岐は園瀬藩の中老として、場合によっては爆弾ともなりかねない男を、生かしておく訳にはいかなかったのである。

だが、それは明確には伝えられなかった。中老は町奉行に、町奉行は与力に、与力は同心に、そして同心は岡っ引に、それとなくほのめかしたが、それで十分だったのである。曖昧なままにしておかねばならぬこともあるのだ。

中老の道場仲間であった岩倉源太夫は、それを知らないし、以後も絶対に知ることはないだろう。

口に含んだ山桃は

一

「さまこさん」

呼ばれた女は驚いたらしく、一瞬だが間を置いた。それからぷッと吹き出し、悪戯《いたずら》っぽく黒沢繁太郎《くろさわしげたろう》を睨んだ。

一重《ひとえ》で切れ長の目、柳の葉のようにやわらかく形のよい眉をしていた。色が白いので眉がひときわきれいに見える。小柳《こやなぎ》という苗字《みょうじ》にふさわしい眉だ、とかれは思った。

「兄の冗談《じょうだん》を、まじめに受け取られたのですね」

「冗談、……ですか」

「様《さま》の子と書きますけれど、読みはヨウコです」

「様の子で、ヨウコさん?」

「父の渾名《あだな》をご存じかしら?」

話が飛んだので繁太郎はとまどったが、女性と、それも年上の女性と話したことなどほとんどなかったので、むりないことかもしれなかった。

もっとも年上とは言ってもヨウコは二十四歳なので、十八歳の繁太郎とはわずか六歳しかちがわない。だがかれとしては実際の年齢差の倍、いやそれ以上離れているというのが実感であった。それは相手が嫁いだ経験があることと、曖昧《あいまい》な理由のままに離縁された事実が重なって、年齢差以上の隔《へだ》たりを感じさせたのだろう。

　繁太郎が接する年上の女性は、ほとんどが親類の伯母や叔母となるが、叔母は若くても三十代半ばであり、伯母となると四十代が多い。親類の女性は、それから上ばかりであった。武家の女である彼女たちは言葉少なに、理路整然とまでは言わなくても、順序立てて話すことを心掛けていた。

　その娘たちには繁太郎と同年輩もいるが、子供のときはともかく、年頃になってからはほとんど話すこともなかった。

　そのため繁太郎は、はぐらかしたり、謎を掛けたり、とぼけたり、飛躍したりと、相手がとまどうような話し方をし、それを楽しみ、おもしろがる女性がいることを知らなかったし、想像することもできなかったのである。

　かれが通う岩倉道場のあるじ源太夫の妻女みつは、後添えだということだが、繁太郎の知る大人の女性としては若いほうであった。それでも三十三、四のはずである。この人も親類の女性たちとおなじで、むだなことはいっさい喋らなかった。百人近い弟子がいるので、簡潔な遣り取りしかしないのだろう。

ヨウコの兄の小柳録之助《ろくのすけ》が、岩倉道場の仲間たちといっしょに、客の相手をする女がいる新地の飲み屋に連れて行ってくれた。そこで繁太郎は、自分が知っている女性とはまったくちがった種類の女がいることを知り、おおいに驚かされたのだ。

女たちは道場仲間にしなだれかかって、甘え、媚《こび》を売り、かと思うと、冗談を言ったり、からかったり、毒づいたりさえした。仲間も道場では見せることのないゆるんだ顔をして、それをおもしろがっている。

繁太郎は呆気《あっけ》に取られたが、場慣れしていないかれがおかしく、同時に新鮮に感じられたのだろう。左右から女が謎を掛け、しきりにほのめかせた。

飲んでいて話がまとまると裏の階段から二階にあがる、そんな店であることは繁太郎にもわかった。現に、いっしょに飲んでいた道場仲間と女が姿を消し、小半刻（約三十分）もすると照れたような、それでいて妙にさっぱりした顔でおりてきた。女のほうはいつの間にかもどって、気が付くとべつの男に酌をしていた。

「男は堅いだけじゃだめだぞ。こういう所では、野暮《やぼ》なやつだと馬鹿にされるんだ、堅物はな」

録之助がそう言うなり、繁太郎よりも若いと思える女が、不意に股間に手を伸ばしてぎゅっと摑むなり、おおきな声で言った。

「堅物ぅ！」

男も女も弾けたように笑い、繁太郎は女が言ったとおりだったことも手伝って、恥ずかしさで真っ赤になった。顔や耳だけでなく、足の裏まで朱に染まったのではないかと思ったくらいだ。

言葉遣い、表情、姿勢など、佇《たたず》まいはまったくちがうのに、そんな女たちと共通するなにかが、ヨウコには感じられた。心の中では危険だから近付かないほうがいいという声がしたが、惹《ひ》き付ける力のほうがはるかに強かった。

ヨウコがなぜ父親の渾名を知っているかと訊いたのか、繁太郎は見当もつかない。だから黙って彼女を見るしか、方法を知らなかったのである。

ヨウコの父が風見鶏《かざみどり》と呼ばれていることは、繁太郎も知っていた。上役の失脚に伴って御役御免となり、隠居させられたが、周囲の見る目は冷たかった。いつも風の吹いて来るほう、金と力のあるほうばかりを向いていたために、上が転《こ》けたら連座して隠居させられたのだ、と蔭口《かげぐち》を叩かれていたのである。

だが、娘にそんなことが言える訳がない。

「ご存じないはずはないと思うけれど」と、ヨウコはまどろっこしい言い方をした。

「父は風見鶏と呼ばれていましたが、本当はそんな人ではないのですよ」

なんだ、父親を弁護しようと言うのか。それにしても、なぜそんなことを自分に話すのかとふしぎに思いながら、繁太郎は次の言葉を待った。

「優柔不断でしたからね。ようすを見ているあいだにどうしようもなくなって、最終的に力を持ったお人の意見に従い、付いていく。その繰り返しだったのです。そのために、風見鶏と呼ばれるようになってしまって。わたしの名前がヨウコになったのも、優柔不断のせいなのです」

またしても話が飛んでしまった。

娘の名をなかなか決めないので、いらだった母は、産褥《さんじょく》にありながら起きあがり、筆と紙を持って来させた。五つほどを書き並べ、この中から選んでくれと父に迫ったのだという。それでも躊躇《ためら》っているので、たまりかねて母は詰《なじ》った。

「ようすを見ているだけならともかく、わたくしが用意しましたのに決められないのですね。自分の娘の名でしょう。それでもあなたは男ですか」

子供を産んだばかりということもあって、母も気が立っていたのだろう、武士の妻として言ってはならぬことを口走ったのである。

さすがに父も腹に据えかねたらしく、母が羅列《られつ》した名の左側の、空白いっぱいに様子と書いた。

「よ・う・す、などという名前がありますか」

怒りを爆発させた母に、父も負けずに遣り返したという。

「ヨウコだ。ヨ・ウ・コ！」

優柔不断な父が、一度決めると頑固さを発揮して、だれがなんと言っても撤回《てっかい》しようとしなかったのである。

なぜだか理由はわからないが、ヨウコが離縁されて小柳家にもどった日に、母はその話をしたのであった。

二人は顔を見あわせると中途半端な笑いを浮かべたが、不意に繁太郎はわれに返った。

「録之助どのはおそいですね」

「山桃の樹だわ」

「えッ」

「実が熟したので、鳥が食べに来たのです」

「あ、ああ」

質問をはぐらかしたのか、それよりも鳥の啼《な》き声のほうに気を取られたのか、あるいは両方なのか、繁太郎にはわかりかねた。

山桃は大枝、小枝を四方八方に伸ばし、その枝に葉が密生しているので、こんもりと繁って見えた。緑濃い葉には光沢《こうたく》があり、葉裏は白っぽかった。若い枝は、緑に薄っすらと赤味を帯《お》びた色だが、古枝は灰白色をしている。

園瀬は温暖で土壌があうためだろう、山桃の育ちがよかった。おおきなものでは高さ五丈（十五メートル強）、幹の径が三尺（九十センチメートル強）を超える。山野にも至る所に繁茂していて、光沢を帯びた密な葉のために、遠くからでもわかった。

屋敷地にもけっこう植わっているが、小柳家の樹は立派なものである。高さが三丈（約九メートル）、径が一尺五寸（約四十五センチメートル）はあるだろう。

梅雨《つゆ》どきになると、山桃は赤紫の実をたわわに稔《みの》らせる。そのため野鳥が啄《ついば》みに来るのだが、今も数羽が梢《こずえ》に近い枝で啼き交わしていた。

「わたし、食べたいな」

「取ってあげましょう」

「本当、うれしい」

年上の女がそのとき初めて少女のように見え、繁太郎は意外な思いにとらわれた。

ヨウコは沓脱《くつぬぎ》の石に置かれた草履《ぞうり》を履《は》いたが、形のよい長い指であった。

木登りには邪魔になるし危険でもあるので、脇差を鞘ごと抜くと、「お預かりいたします」とヨウコが両袖で受け取った。

繁太郎は山桃を見たが、最初の横枝はかれの身長よりやや高い位置にある。しかも太腿《ふともも》くらいの太さがあるので、そのままでは登れそうにない。

周囲を見廻すと、庭師か下男が使ったらしく、一間半（約二・七メートル）ほどの竹梯子《たけばしご》が、横にして庭石に凭《もた》せかけてあった。二本の孟宗《もうそう》竹に角材を渡して棕櫚縄《しゅろなわ》で縛り付けたものだ。

巨樹まで八間（十五メートル弱）はあろうか、半分ほどの距離に近付くと鳥たちが飛び立った。灰色っぽいところを見るとヒヨドリらしい。

梯子を幹に立て掛け、足もとを安定させると、繁太郎は袴の股立ちを取った。草履を脱《ぬ》ぎ、横木に足を掛けて一段ずつ登って行ったが、竹梯子がわずかに撓《たわ》むのがわかった。

「気を付けてくださいね、繁太郎どの」

右腕で太い幹になかば抱き付き、最初の横枝に両足を乗せたとき、ヨウコが心配そうに声をかけた。下を見るとじっと見あげているが、どことなく頼りなげでさえあった。

繁太郎は山桃の脆《もろ》さについては、十分に知っているつもりでいた。

　山桃の実は、熟したと思う間もなく、ぽろりと落ちてしまう。そして実を取ろうと木に登り、太い横枝に足を掛け、さらに上の枝を折ろうとして、横枝に体重を移すと折れてしまうことがある。実も枝も驚くほど脆かった。

　足を置いた上にある横枝は、胸より少し高い位置にあり、さらに分枝しながら伸びていた。幹に巻いていた腕を解《ほど》き、横枝を右腕で下から抱えるように、左腕を上からかぶせるようにして体を安定させると、繁太郎は山桃全体を見直した。

　すでに下男かだれかが取ったのだろう、手の届きそうなところに、実の付いた枝はなかった。

　かれは先程、竹梯子が置いてあった場所に、先端が二股に分かれた長い竿《さお》があったのを思い出した。あれで小枝を折り取っていたのだとわかったが、取ってあげましょうと言った以上、ヨウコにそれを持って来てくれとは言えない。

　繁太郎は慎重に、さらに上の枝に体を移した。枝は細くなったものの、まだ脹脛《ふくらはぎ》ほどの太さがあるので、簡単に折れそうにはない。

　見降ろすとヨウコがひと廻りちいさく見えた。地上からの高さは、身長の二倍半はありそうだ。

　――あの枝に、なんとか手が届かないものだろうか。

それを折るためには、横枝に左足を乗せて体を前方に傾けながら、左の腕を精一杯伸ばさなければならない。足を乗せた枝の、さらに上の横枝から分かれた小枝に、赤紫に熟した実がひと塊《かたまり》になって稔っている。

大丈夫だろうかと危ぶみながら、足を乗せてみたがなんともない。これなら耐えてくれそうだと、前傾して腕を伸ばし、ねらっていた枝を握り締めた。だがそのままでは腕に力を入れられないので、折り取ることができない。

さらに体重を乗せると、なんの前触れもなく、ベキッと音がして、横枝が脆くも折れてしまった。

「飛んだ！」

思わず繁太郎は叫んでいたが、次の瞬間には、山桃の果実が散らばった地面に叩き付けられていた。

二

「ああ、よかった。お気付きですね」

目のまえ、一尺（約三十センチメートル）もない間近に、心配そうな顔があった。

反射的に起こそうとした体を、ヨウコの両手がそっと押さえた。身も心も蕩《とろ》かすような、甘美《かんび》な匂いがした。これがヨウコの匂いなのだろうか、とするとなんという心地よさだろう。

「急に動いてはいけません。打ち身だけならいいですが、骨や筋《すじ》を傷めているかもしれないでしょう」

横を見ると、少し離れた地面に、網代《あじろ》に編んで漆《うるし》で仕上げた盆が置かれていた。敷いた紙のその上に、赤紫に熟した山桃がきれいに並べられている。

「恥ずかしい。わたしは気を喪《うしな》っていたのですね」

繁太郎が盆の山桃を見ているのに気付いたのだろう、ヨウコは満面にこぼれるような笑みを浮かべた。

「ありがとう。わたしのために折ってくださったのですね。折り取った枝を高く掲《かか》げていたために、背中と腰をしたたかに打ってしまわれました。おかげで山桃はほとんど無事でしたけれど、繁太郎さんは、地面に落ちていた山桃の実を潰してしまいました。部屋に兄の着物を用意しておきましたので、着替えてください」

ヨウコは躊躇っている繁太郎を急《せ》かした。

「すぐ水洗いしないと、汁で染まって色が落ちなくなります。わたしのために取っていただいたのに、山桃を盗み喰いしたと思われては、気の毒ですもの」

ヨウコはそう言って、両腕を伸ばし、繁太郎の両手を握った。ひんやりとして気持がよい。

彼女が体を反《そ》らして引き起こそうとするので、かれは自分で立ちあがった。ヨウコは素早い動作で繁太郎の肩や背中、腰や腿のうしろを撫でてから、まえに廻った。背後にいたときにはそうでもなかったが、向きあうとどぎまぎしてしまう。

「大丈夫です」

かれは胸や腰を払いながら言った。幸い打撲《だぼく》の鈍痛《どんつう》はあったが、骨や筋には異状はないようであった。

網代の盆を抱きかかえ、ヨウコは先に立って建物に向かう。繁太郎は黙ってそのあとに従った。

沓脱で草履を脱ぐときれいにそろえ、濡れ縁から、開け放たれた表座敷を抜けた。廊下を折れ曲がり、通されたのはヨウコの部屋らしかった。窓際の文机には一輪挿しが置かれ、梔子《くちなし》が活けられていた。

香だろうか、匂いがまだ残っている。

「すみましたら、声をお掛けになって」

そう言ってヨウコは部屋を出た。

きちんと畳まれた着物が置かれ、その横には汚れものを入れるための、浅い籠が用意してあった。

自分はどれくらい気を喪っていたのだろう、と繁太郎はそれが気になった。

意識を取りもどしたとき、録之助の着物はすでにここに用意されていたことになる。それだけではない。ヨウコは盆を取りにもどり、傷んでいない山桃を枝から捥いで並べたのである。その直後に、繁太郎は息を吹き返したのかもしれないが、かなりのあいだ見られていた可能性がないともいえない。

みっともないところを見られたり、とんでもないことを口走ったりしていないだろうか。そう長くはないと思われるが、短いとも言い切れない時間、気を喪っていたのだから。

着替えて帯を結び、脱ぎ捨てた着物を折り畳んで籠に入れた。声を掛けると、廊下に待機していたらしく、すぐに襖《ふすま》が開けられた。

畳まれた汚れものを見て、ヨウコはかすかな笑いを浮かべたが、しばらくお待ちくださいと断って襖を閉めた。

ほどなくもどったヨウコは、先程の山桃の盆を手にしていた。小皿と塩を入れた小さな器が添えられている。

「せっかくだから、いただきましょう」と言いながらヨウコは、かれのまえに膝をそろえて坐った。「繁太郎さん、お母さまに叱られるかもしれませんね」

「母に、わたしが、なぜ」

「お召し物は水に浸《つ》けておきました。あとで洗いますが、薄く染みが残るかもしれません。お母さまに、繁太郎どの、これは山桃の染みでしょう。一体なにがあったのです、と責められたら、どうなさるおつもり。悪い女にたのまれて山桃を取りました、とでも言いますか」

「…………」

「そんな真剣な顔をなさらないで、冗談ですよ。さ、いただきましょう」と、ヨウコは盆を二人のあいだに滑らせた。「塩を振り、お盆をゆすって山桃を転がす人もいますが」

小皿の隅《すみ》に塩を摘《つま》んで少し置き、中央に山桃を載せると繁太郎のまえに置いた。

かれが手を伸ばそうとすると、

「繁太郎さんは、山桃の本当の味わい方をご存じ？」

思わず手を引っこめた。

「本当の、ということは、嘘の味わい方もあるのですか」

「まあ」と、ヨウコは笑った。「おもしろい方ですね、繁太郎さんて」

なにがおもしろいのかはわからないが、馬鹿にされている感じではなかった。

そのとき、繁太郎は「おや？」と思った。たしか「どの」と呼ばれていたはずだが、それが「さん」に変わっている。

山桃だ。樹に登るまえまでは「どの」付きで呼ばれていたが、登って、いや落下してからは「さん」付けに変わっていた。

なぜだろう。二人の距離が、近付いたとでもいうのだろうか。ぼんやりとそんなことを考えていると、ヨウコがいくらか厳《おごそ》かな声で言った。

「山桃は嚙《か》んではいけないのです。吸ってもいけません」

「……？」

「口に含んだ山桃は、舌の上で、皮とは言えないほど薄くてやわらかな皮が、自分から溶けて、汁が滲《にじ》み出るのを待たなければならないのです」

「……！」

「それが本当の味わい方ですが、ほとんどの人は知りませんし、知っていたとしても、とても我慢できないでしょう。そんな人は山桃の味を、本当に知っているとは言えないのです」

山桃の実は、径が一寸（約三センチメートル）の半分ほどなのに、核《さね》はかなりおおきい。ちいさな粒が集まった果肉はきわめて薄い膜状の表皮で被《おお》われているので、風が吹いて実が触れあっただけでも、皮が破れて果汁が滲み出し、味が変わってしまう。そのため収穫したその場か、なるべく時間を置かずに食べなければ、おいしさを味わうことができない。

ヨウコはそのことを言いたいようだ。

「わかります。すぐに味が変わってしまう。だから、その場で味わうしかないのですね」

「繁太郎さん」

「はい？」

「唇を含んだこと、おあり？　もちろん自分のではありませんよ。女の人の唇を」

「……！」

「口に含んだ山桃を、舌の上で、山桃が自分から溶けておいしい汁が滲み出るのを待つように、唇を味わったことはおありかしら」

これはたいへんなことになったと、繁太郎は動転してしまった。いくら鈍《にぶ》いとは言っても、ここまでくれば年上の女に誘惑されていることくらいはわかる。しかし、どぎまぎするだけで、どうしていいかわからない。

「こんなふうに」

言うなりヨウコは、首に腕を廻して引き寄せながら、かれの下唇を含んだ。ところが、じっとそうしている。繁太郎は自分の唇が溶けていくような、ヨウコの唇に溶かされるような気がした。あるいは溶けていくのはヨウコの唇かもしれなかった。

ヨウコがそっと唇を離した。繁太郎はおおきな溜息《ためいき》をついた。唇は離したが、顔は離そうとしない。息がかかった。甘いと思う。ヨウコが繁太郎の目を見詰めたまま囁《ささや》いた。

「飛んだ、と叫びましたね、落ちたときに」

「ええ」

「なぜ」

「まじないです」

「お武家なのに、おまじない、ですか」

「中間《ちゅうげん》に教えられたのです、百姓出の。落ちたときには飛んだと、飛ぶときには落ちると、逆のことを言うと、怪我《けが》をしないいんだそうです」

「おもしろいですね」

「でも卑怯《ひきょう》です。騙《だま》すんですから」

「騙す？」

「神さまか仏さまか知らないけれど、嘘をついて」

「でも、繁太郎さんは怪我をしなかった。おまじないが効《き》いたんですね」

「あッ」

唐突に、繁太郎は大声《たいせい》を発した。ヨウコが思わず体を離したくらいである。

「録之助どのはなぜもどらないのだろう。時刻を指定して、わたしを呼んでおきながら」

「とぼけてらっしゃるの。それとも冗談のつもりかしら。ね、ね、ね、本心からそうお思いになったの」

「すると」

「あたりまえでしょう。今日の八ツ（午後二時）に繁太郎さんを呼んでもらうように、わたしからたのんだのですよ。屋敷にお見えのおり、だれもいないことに気付きませんでしたか。人の気配がしなかったはずですけど」

「たしかに」

「両親は親類の祝い事に出掛けて、夕刻までもどりません。下男は雁金村に品を届けさせましたので、もどりは夜になります。下女は父親のぐあいが良くないと言うので、看病に行かせました。泊まって世話するようにと言ってあります」

「録之助どのは急にもどったりしませんか」

「お馬鹿さんね、そんな訳ないでしょ。わたしがたのんだ意味は、十分に承知していますよ。それに兄も今ごろは、家の者を連れて新地で遊んでいるのでしょう。それともめいめいが女のとこかしら、いずれにしても、夜までもどる気づかいはありません。わたしは繁太郎さんと二人きりになりたかったのですよ。年上の女に恥をかかせないで」

のしかかってきたヨウコに、繁太郎は押し倒されてしまった。まったく無防備な上に、どうすればいいのかもわからない。なすに任せるだけである。

「繁太郎さん、飛びましょう。いえ、落ちましょう。わたしといっしょに飛んで、それとも落ちて、神さまか仏さまか、それともわたしたちを見ているかもしれない人たちを、世間とやらいうものを、いっしょになって騙してやりましょうよ」

呪文のような囁きを打ち切ると、ヨウコは唇を押し付けてきた。ヨウコの甘い匂いが、膜のようにかれを包みこんだ。

歯を押し開いて舌が入ってくると、繁太郎の舌に絡めて激しく吸う。体の奥深いどこかが強く痺《しび》れた。口に含んだ山桃を、などという優美さはかけらもない。舐め廻し、吸い尽くそうとする。

そのあとは、なにがどうなったのかわからなかった。気が付くと、一糸まとわぬヨウコの上に引きあげられていた。いつの間にか、かれ自身も下帯さえ着けていなかった。

囁きながらヨウコがかれを誘導する。

「そっと、そっと、そっと腰をおろしてゆくの。決して急がないで。そう、そして動かないで、じっとしていて」

口に含んだ山桃とおなじなのかもしれない、と繁太郎はそんなことをぼんやりと考えていた。だが静かに溶けて行くどころか、しだいに熱を帯びて激しく脈打つのが感じられた。

ヨウコが両腕をそっと腰に廻してきた。かれは脇腹の横に両手を突いて、上体を持ちあげた。彼女の体をもっと見たくなったのだ。

着痩《や》せするほうなのだろう、ヨウコの体はふくよかで、驚くほど色が白く、肌理《きめ》が濃《こま》やかであった。さらに目を瞠《みは》らせられたのが、二つの乳房であった。両目を丸くして見ていると、ヨウコがなにか言って、若い娘のように顔を赤くさせた。全身が、ヨウコの匂いを濃密に発散させていた。

「きれいだ。なんてきれいなんだろう」

なおも繁太郎が見続けていると、ヨウコは腰に廻していた腕を一気にあげて、かれの背中を力まかせに引き寄せた。弾力のある乳房がかれの胸を強く押し返したとき、体の中心が痙攣《けいれん》したようになり、なにかが迸《ほとばし》り出た。繰り返し、激しく、迸り出たのであった。

脇腹をなんとも奇妙な、経験したことのない感覚が襲った。痛いような、くすぐったいような、痺れるような感覚だが、それらのふしぎさをすべて含んだのが、それまでに味わったこともない快感であった。

長い時間が経って、胸の鼓動が鎮まると、繁太郎は天井を見あげていた。じっとして、すべてを任せなさいと言われたので、言われたままにしていたのである。

しばらくすると、ふたたびヨウコがかれの隣に体を横たえ、繁太郎の脇腹の、肋骨の下から腰骨の辺り、ほんの二、三寸の範囲に、そっと指を這わせた。

「ここがくすぐったいような、痛いような、今までに感じたことのない気持よさに包まれたでしょう」

そうなのだ。そして今も、ヨウコの指がその快感を蘇らせていく。新たな力が、その指先によって充満してゆくのが、はっきりと実感できた。

「……はい」

なぜわかるのだろうと思いながら、繁太郎は短く返辞した。掠《かす》れ切った、自分のものとは思えない声であった。

「はい、だなんて」と、ヨウコはくすりと笑ってから、真顔にもどった。「それはね、初めて使ったからですよ、ここの筋と肉を。子供のときには使ったことのない男の体を、初めて使ったからです。相手を喜ばせるために、そして自分の喜びのために」

かなりの時間を置いてから、かれの耳もとでヨウコは囁いた。

「繁太郎さん、あなたは男になったのです。さっき、わたしの上で体を震わせたときは、子供でした。でも今は立派な男です。さあ、男としてわたしを喜ばせてください。今度は腰を、そして体のすべてを使って、わたしを攻めて、攻めて、攻め抜いてくださいな」

繁太郎に廻した腕に力をこめ、ヨウコは自分の上にかれの体を引きあげ、少しずつ、少しずつ、まるで口に含んだ山桃を扱うかのように、慎重に秘めやかに体を開いていった。

自分は飛ぶのか、それとも落ちるのか。まじないは果たして効くのだろうか、と、ほとんど考える力のなくなった頭の片隅、さらにその奥の奥で、かすかな声がしたような気がした。

そして、繁太郎は飛んだ。今度は子供ではなく、大人として、一人前の男として、自分の意思で、思いっ切り飛んだ。いや、落ちたのかもしれない、まじないを唱《とな》えることもなしに。

三

「お耳に入れておいたほうがよろしいかと」

あいさつを終えるなり、客は礼儀正しく岩倉源太夫に告げた。

「黒沢繁太郎のことだな」

「やはり、ご存じでしたか」

「道場に来る回数が減り、来ても、心ここにあらずというありさまだ。あれでは気付かぬほうがおかしい。ただし、理由は知らん」

道場ではなく岩倉家の母屋、表座敷の八畳間であった。時刻は六ツ半（午後七時)。相手は高弟の柏崎数馬《かしわざきかずま》である。

数馬は源太夫が道場を開いたときに入門した弟子で、当時二十一歳、弓組竹之内家《たけのうち》の次男坊であった。よほど素質に恵まれていたのか、めきめき頭角を現し、翌年には代稽古《だいげいこ》をつけるほどになった腕の持ち主である。武具組頭の柏崎家から婿養子に請われ、一人娘が十四歳だったので二年待って婿入りした。

武芸以外にも才能を示し、何種類もの建議書を提出して採用されるなど、剣に劣《おと》らずべつの分野でも能力を発揮していた。そして二十五歳で中老格に抜擢《ばってき》される異例の出世をし、末席ではあったが藩政にも参画するようになっていた。

それでも、登城前とか下城後に道場に顔を出して汗を流し、若手を指導していた。剣技だけでなく、高い精神性を持った武士を育てることを願った藩主と家老の九頭目一亀、二人に共感した源太夫にとって、それらを体現した最初の弟子、それが数馬であった。

だが、さすがに道場に来る回数は減っていた。その日も中間を寄こして、源太夫の都合を問いあわせてきたのである。

「繁太郎が女と、水茶屋から出て来るところを目撃したと報せた者がいます」数馬はそう切り出した。「そのときの親密さからは、人の口に上るのは時間の問題だろうとのことでした」

噂になれば、いろいろと困った問題が起きると心配して、その男は数馬に報告し、おなじ思いでかれも源太夫に報せたのである。

「繁太郎は何歳になる」

「たしか十八ですが」

「であればいろいろあって不思議でない。それにわしは、剣のことならある程度わかるつもりだが、男女のこととなると不調法でな。これまでも余計な嘴《くちばし》を挟んでは、冷汗を掻いてきた」

「ではありますが、結果はすべてよいほうに」

「まぐれだ。いつもそうなるとはかぎらん」

「ですが」

「わしは剣のことしか考えなんだゆえ、狭い人間になった。弟子にはなるべく経験を積んでもらいたい」

「ただ、気がかりなことがありまして」

「というと」

「どうやら仕組まれているような」

「罠《わな》に嵌《は》められそうだ、ということか」

「十分に考えられます」

なるほど、と源太夫は納得した。ちゃんとした理由がなければ、弟子が女と付きあっているくらいでは、数馬がわざわざ報告に来るはずはない。それと、中老格となった数馬には、源太夫などとはちがって、さまざまな情報を得る術《すべ》があるのかもしれない。

「女の名は様子《ようす》、つまり様《さま》の子と書いてヨウコ。一度嫁ぎましたが離縁されて、今は実家にもどっております」

「小柳録之助の妹だな。であれば、噂を耳にしていなくもないが、あまり芳《かんば》しいものではない」

小柳家は家老を補佐する元締《もとじめ》役五家の一家で、支配下にある郡代の家から、ヨウコをぜひ嫁にと請われ、応じたのである。ところが筆頭家老が不正を理由に処分されたおり、それに与《くみ》したために、当主の勇三郎《ゆうざぶろう》は隠居させられた。録之助が跡を継いだが、役は作事奉行に格下げされてしまった。

一方、黒沢家は繁太郎の父良衛《よしえ》が、政変後に蔵奉行から元締役という要職に昇格した。

元締役の下にはさまざまな役職があるが、それらは横一列ではなくて、順位が決まっていた。城中での席順もそれに従っている。

ここで関係のある家の序列は、郡代、蔵奉行、作事奉行の順となる。

小柳家と黒沢家の立場は、完全に逆転してしまった。それどころか今は、元締役になるまえの黒沢家の蔵奉行より下位の、作事奉行なのである。小柳家、特に現当主録之助にとって、これほどの屈辱《くつじょく》はないだろう。

「ヨウコどのの嫁入りに際して、勇三郎どのは元締役の格もあるものですから、さんざん威張り、恩に着せたとのことです」

「離縁されたのは、それに対するしっぺ返しということか」

「その説が根強いようですが」

おもしろ半分ではあろうが、ヨウコのあまりの荒淫《こういん》に婿どのが悲鳴をあげたのだとか、義父に誘いを掛けたことが義母に知られて、とんでもない淫乱女だと、追い出されたとの噂もあるらしい。

いや、男狂いが始まったのは小柳家に戻ってからだろう、と主張する者もけっこういるようだ。十六歳で嫁入りし、十八歳で離縁され、今は二十四歳の女盛り、男なしではとても我慢できないだろう、というものである。

なにかの偶然で知りあって、双方が真剣な思いで付きあっていることも考えられぬことはない。だが経験の乏《とぼ》しい繁太郎が、奔放《ほんぽう》な女性に玩《もてあそ》ばれている可能性のほうが高い、と考えたほうがいいだろう。

なおこの場合は、破綻《はたん》すれば深く傷付くではあろうが、立ち直れないことはない。

「問題は相手が悪意を持って、黒沢家を引きずり降ろそうとしている場合です」

「となると厄介《やっかい》だが、録之助を背後で操っておる者はいるのか」

「耳にしてはおりませんが、調べさせてみましょう」

例えば立場の逆転を、耐えられぬほどの屈辱と考えている小柳録之助が、妹ヨウコを言い包《くる》め、あるいは唆《そそのか》した場合が考えられた。繁太郎を骨抜きにし、取り返しのつかないとんでもない失態をやらかせ、お家断絶に追いこむ。少なくとも良衛を失脚させ、無役に落とすのが目的だとしたら、早めに忠告してやらねば、取り返しのつかぬ結果を招きかねない。

数年前のことだが、こんなことがあった。近い将来まちがいなく家老になると目されていた中老が、長男が下女と出奔したため、家族すら律することができぬことを理由に、隠居せざるを得なくなったのである。

実際は中老の道場仲間に娘が生まれたとき、おおきくなったら長男の嫁にもらいたいと口約束していたのであった。一方、妻は彼女の身の廻りの世話をしてもらっている遠縁の娘こそ、息子の嫁にふさわしいと考えていた。

気の弱い長男は、父に従えば母を哀しませることになり、母を喜ばせると父を裏切ることになるとの板挟みに悩んでいた。それを知った下女が、いっしょに逃げる以外に方法がないと思わせるように、仕組んだというのが真相のようであった。

中老は直ちに長男を廃嫡《はいちゃく》し、次男に家を継がせて自分は隠居した。その潔《いさぎよ》さが好感をもって迎えられ、かれ個人の失態に留まって、役替えには至らなかったのである。なお、次男は長男の許嫁《いいなずけ》、つまり父の道場仲間だった男の娘と結婚した。

一人息子の繁太郎の場合はそうはならず、父の良衛は苦い水を飲むしかないだろう。

だから早めに、どこかで歯止めを掛けなければならないのである。

ただし、よほど慎重に見極めておこなわないと、立てなくてもいい波風を立てることになってしまう。

「明確な目的をもって動いている者がいるとすれば、痕跡《こんせき》を残しているはずだ。蝸《か》牛《ぎゅう》の這った跡が、かすかに光る筋となってわかるようにな。痕跡が一つであれば、偶然ということもある。二つ重なってもそれだけで結論は出せないが、三つの明らかな事実があれば、まちがいないと判断していいだろう」

「わたしも先生とおなじ考えです。今日は一応お伝えしておこうと思いまして」

「わかった。注意しよう。ただ、二人とも弟子なのでな。双方を正しい軌道に乗せてやりたいが、明らかな不正は許す訳にいかん」

「個人は尊重しなければなりませんが、いざというときの順位では、藩の安泰を最優先させるべきです」

数馬はちらりと、藩政に携《たずさ》わる者の冷徹《れいてつ》な一面を見せた。

「わかった。なにかあったら報せてくれ」

四

何度、逢瀬《おうせ》を重ねたことだろう。

そのたびに繁太郎は、ヨウコと別れるのが耐えられなくなる。逢った瞬間、嬉しいはずなのに、それにも増して哀しさに襲われる。どれだけ睦《むつ》みあっても、結局は別れなくてはならないのだ。その思いを追い払うため、繁太郎はさらに激しくヨウコのすべてを奪おうとし、持っているかぎりのものを与えようとする。

もはや、この成熟し切った年上の女の体がなくては、自分は生きていけないと、かれは思うに至っていた。滑《なめ》らかで粘《ねば》り付いてくる肌、肉置《しし》きがよいのにむだがなく、締まるところは締まった豊満な女体。押せばかぎりなく沈み、おなじ力で押し返して来る弾力のある肌。

肌、そして肌の発する匂い。

感じただけでどこかが痺《しび》れそうになる、頭の芯の感覚がなくなる、甘くて濃厚な大人の女の匂い、それをさらに甘美なものとするヨウコの体臭。

そしてなによりも、謎に満ちた秘密の場所。すべてを出し尽くしたと思っても、温かくてやわらかい、蠕動《ぜんどう》しながらいつの間にかそれを復元してしまう、神秘の坩堝《るつぼ》の魔力。

声もまたそうだ。

迦陵頻伽《かりょうびんが》はこの世のものとは思えぬ美声で法を説くというが、ヨウコの声は繁太郎にとってそれに勝るとも劣らない。密《ひそ》やかな囁きであり、ふと洩らす吐息であり、悦楽の、歓喜の声でもある。それが発せられるときによって、やわらかくやさしい、あるいは鋭く胸に喰い入る、心を蕩けさせる、言葉以上に訴える力をもつ、だれのものでもないヨウコだけの声。

ヨウコのすべてを知り尽くしたいと思い、知り尽くして満足したはずなのに、次に逢うと、まったく新たな魅力に気付かされるのである。

つい先日も、自分の発見に心がときめいたものであった。

裸になってうつ伏せになったヨウコの腰。背骨が腰骨《こしぼね》に繋がり、二本の太腿へ連《つら》なるが、そこに左右に並んで窪《くぼ》みができていた。その二つの窪みの真ん中に黒子《ほくろ》があったが、なんとも可愛らしく、繁太郎は思わず唇を這わせた。ヨウコがくすぐったそうに体をゆらしたので、形のよい尻の盛りあがりもゆれた。繁太郎はたまらなくなって、体を重ねていったのだった。

そして今日も、いつもと変わることなく、十分すぎるほど睦みあったのだが、繁太郎にはこれまでとはどこかちがう気がしてならなかった。ヨウコはかれに負けぬほど激しく、貪婪《どんらん》に求めたし、喘《あえ》ぎの声は獣の咆哮《ほうこう》を思わせることさえあった。

耳朶《みみたぶ》を口に含み、舌で舐め、その舌が首筋から胸へと滑り、乳首を吸い、さらに下へ下へと這って行く。二人は儀式のようにそうしながら、次第《しだい》に昂《たか》ぶって行ったのだ。

そして汗にまみれ、そっと体を離して桜紙を使い、並んで横になって、天井を見あげていたのである。どこか、どことは言えぬがどこかが、明らかにちがうのを感じながら。

二人はただ黙って天井を見あげていた。いつもならとっくに、ヨウコの指がかれの脇腹を這い、あるいは耳穴に息を吹きかけ、それとも囁き、でなければ、唐突に握り締めたものだった。

それがない。時間だけが流れて行く。

とうとう堪《こら》えられなくなった。

「ヨウコ」

言葉に出して初めて、繁太郎は自分が彼女を呼ぶのを恐れていたことを知った。名を呼んでしまえば、あとは答を導き出すまで進むしかないことを。

だが、言葉にしてしまったのだ。

「ヨウコ」と呼びかけ、彼女が「繁さん」と応じたのは、何回目の密会でのことだったろう。そのときを境に、二人の密度はさらに、いや一気に高まったのだった。

だが、肝腎《かんじん》のヨウコは呼び掛けに応じようとしない。

「どうしたのだ、ヨウコ。なにか変だぞ」

やはり黙ったままであった。

「二人がその気になれば、いっしょになれないことはない」

前回、繁太郎はいっしょになりたい、ひとときであっても、離れていることに耐えられないのだ、と打ち明けた。それを予測していたのか、ヨウコはまるで動揺しなかった。そして冷《さ》めていた。

「無茶を言わないで」

「喜んでくれると思ったのに」

「なぜ」

「なぜって、いつもいっしょにいたい、離れたくないと言っていたではないか。嘘だったのか」

「馬鹿なことを言わないで。いっしょにいたいに、決まってるじゃない」

礼儀正しかったヨウコの口調が、いつの間にか蓮《はす》っ葉《ぱ》と言っていいほど乱暴になっていた。かれはそれを、親しく感じればこそだ、と思っていたのである。

だが、その日はなぜか、隔たりだと感じられたのであった。

「だったら、なろう。両親のことなら、絶対に説得してみせるから」

「本気で言ってるのではないでしょうね」

「本気だとも」

「だったら、繁さんは馬鹿よ。底抜けの大馬鹿だわ」

言われて、さすがに腹が立ち、繁太郎はヨウコを睨み付けた。だが相手は怯《ひる》まず、いっしょになれない理由をならべ立てた。

年齢差が六歳もあり、しかも女が上。

離縁された出戻り女。

絶対的な両家の格のちがい。

「一つでも難しいのに、それが三つもよ。特に家格のちがいは、年の差や離縁を別にしても、越えることのできない高い壁ね。同等ならともかく、一級下でも難しいのに、二級、いや三級くらいの差ができているの、今は」

「そんなことを言っていたら」

「ずっとこのままを続けるしかないのよ。それがわたしたちの運命《さだめ》なの。それが厭《いや》なら別れるしかない」

ヨウコの言うことが正しいのは、繁太郎にもわかっていたが、どうしてそれを認めることができるだろうか。打ち消したくても、打ち消すことはできない。八方塞《ふさ》がりの、出口のない迷路に、追いこまれたような気分であった。

かれ自身、両親を説得できないかと思い悩み、そのたびに高い障壁に遮《さえぎ》られていたのである。それがヨウコの羅列した三点で、どれに関しても、両親が首を振るとは思えなかった。

持って行きどころのない憤《いきどお》りが、勃然《ぼつぜん》と湧き起こる。

繁太郎はヨウコにのしかかると、それまでからは考えられないほど、乱暴に腰を打ち付け、全身を舐め廻し、しゃぶり尽くした。彼女からは、ともに高みに達するための微妙な手順や、緩急の付け方を念入りに教えられていたが、敢《あ》えてそれらをすべて無視した。

ところがヨウコは、怯んだり抵抗したりすることなく、繁太郎よりも乱暴に、むしろ挑発するような狂態を見せたのである。上になり下になって組んず解《ほぐ》れつし、遂には笑い出してしまった。狂ったような、箍《たが》が外れた、背筋が寒くなる、空虚な笑いであった。

だが、別れのときは容赦《ようしゃ》なくやって来た。

二人は時間をずらして水茶屋を出た。まだ逢引を始めたばかりのころ、繁太郎が肩を抱き、ヨウコは腰に腕を廻して、無防備なまま店を出た。そのとき、じっと二人を見ている男に気付いたからである。

やはり前回で、二人の関係は微妙に、いや明確に変わってしまったのだ。

今日、繁太郎はその事実を思い知った。

「これまでにしましょう」

玄翁《げんのう》で頭を一撃された思いであった。もっとも聞きたくなかった言葉だ。反射的に「厭だ」と言っていた。

「もう、限度なの。わたしたちには、ほかに方法を選べないわ」

「家を捨ててもいい。親も捨てる。ヨウコと暮らせるなら、浪人になってもかまわない」

「馬鹿なことを言わないで」

「真剣だ。どうしてもヨウコと離れたくないのだ。いつもいっしょにいたい」

「子供のようなことを言わないで」

「園瀬のような田舎《いなか》にいるから、身動きがとれない。思い切って江戸に出よう。自由な地で、のびのびと手足を伸ばして生きようではないか」

「そんなこと。そんなことをすれば、思う壺じゃない」

「なにを言っているのだ。だれの思う壺なのだよ」

「わたしはごめんだわ」

「ヨウコとは絶対に離れたくない。厭だと言い張るなら、ヨウコを殺して、わたしも死ぬ」

「そんなにまで、わたしのことが好きなの」

「好きだ」

「どこが好きなの」

「どこもかしこも。なにからなにまで、すべてだ」

「嘘。体でしょ。繁さんを喜ばせてあげられる、この体でしょ」

「……！」

「こんなもの、体なんて、わたしのほんの一部でしかないのに、ほかには目を向けてもくれない」

「それで悪いか。体が好きでいけないのか」

「今は夢中になっているけれど、それがいつまで続くとお思い？　体なんて、あっと言う間に老いてしまう。しかも、わたしは繁さんより六歳も上。すぐにお婆さんになってしまうの。体が老いたとき、あなたはわたしのどこを好きになれるのかしら。体しか気に入ってもらえないのに、その体から魅力が消えたら、あなたはわたしの」

と、そこでヨウコは言葉を切った。なにか言わねばと思いながら、繁太郎はなに一つとして言葉が出てこなかった。

ヨウコも黙ったままだったが、表情が完全に消えて石のようになったとき、感情のいっさいこもらない硬い声がした。

「繁太郎どの」

心の奥で音を立てて崩れるものがあった。繁さんどころか、繁太郎さんでもない、二人の体が結ばれる、いや、ヨウコがそれを心に決めたであろう、他人でしかなかったころの呼称、繁太郎どの、だ。

振り出しにもどった。むしろ、そのあとの甘美な喜びを経験した今となっては、単にもとにもどるよりも何層倍も残酷であった。

「四苦八苦という言葉を、ご存じですね」

ヨウコはそういったが、繁太郎は返辞ができず、黙ってうなずくだけである。

「人にとっての、非常な苦しみのことです。四苦は生《しょう》・老・病・死です。老いたり、病んだり、死んだりという苦しみのまえに、生が置かれています。人は生まれてきたことそのものが、最大の苦しみなのですよ」

それに続く四つの苦しみを加えて、八苦となるが、愛別離苦《あいべつりく》、怨憎会苦《おんぞうえく》、求不得苦《ぐふとくく》、五陰盛苦《ごおんじょうく》がそれである。

「繁太郎どのにとっての苦しみは、八苦にも含まれておりますね。愛《いと》しい者と別れねばならぬ苦しみ、求めるものを得られぬ苦しみ、の二つが。しかし、生まれたことそのものの苦しみを思えば、考えも変わるのではないでしょうか」

「お願いです。どうか別れないでください」

口に出してから、繁太郎は絶望に打ちひしがれた。ヨウコの呼び方だけでなく、自分の言葉遣いまでが、「繁太郎どの時代」に逆戻りしていたのだ。

「今日はこれまでにいたしましょう。繁太郎どのは平静ではありません。一晩お休みになり、頭をお冷やしになられて、もう一度よくお考えなおしください」

拒否できなかった。

それにしても、からかうような、馬鹿ていねいすぎる言い方は、いくらなんでもひどいではないか。

そこにいるのは凛《りん》とした武家の女である。自分の周囲に、目には見えぬ膜を張りめぐらせて、厳然と他人とのあいだに距離を置き、自分を律しきった、毅《き》然《ぜん》とした一人の女であった。

繁太郎は背筋が寒くなる思いがしたが、なぜならそこにいるヨウコという女性が、得体の知れぬ、謎そのものだと気付かされたからだ。

一分の隙《すき》もなく着こなした、端然としたこの女がヨウコなら、獣のように本能を剝《む》き出しにして狂態を曝《さら》し、平然として動じぬのも、やはりヨウコなのだ。それら矛《む》盾《じゅん》したものを、なんの違和感を覚えることなく、当たりまえのように、彼女は自分の内部に共存させせているのである。

それは一人ヨウコにかぎらず、すべての女性に共通する、女性が生まれたときから持ちあわせている本性《ほんしょう》というものかもしれない。

そんなことに気付きもせず、細い腕を振りながら「うまうま」などと、言葉にもならぬ言葉をつぶやいている嬰児《みどりご》にも等しいのが、黒沢繁太郎だったのだ。あまりにも無防備な存在である自分が、そんな相手にまともに太刀《たち》打ちできるわけがないではないか。

ヨウコは着物を身にまとい、髪を梳《くしけず》り、化粧を直し、手鏡で正面、横顔、襟元《えりもと》などを確かめ、繁太郎に一礼すると、衣擦《きぬず》れの音を残して部屋を出た。

繁太郎は呼び止めることも、あとを追うこともできず、呆然として、坐りこんだままであった。

五

繁太郎の目は血走っていた。

いくらなんでも理不尽すぎると、腹立たしくてならない。ヨウコに逢いに小柳家に出掛けても、中間や下男は取り次ごうとしないばかりか、居るとも居ないとも、どこに行ったとも言わずに、けんもほろろに追い返すのであった。

何回か手紙を出したが梨の礫《つぶて》で、となると両親や録之助が握り潰し、ヨウコに届いていないと思うしかない。

そこで直接、小柳家まで届けたが、中間はいっさい受け取らぬように、命じられているとのことであった。いくら世事に疎《うと》い繁太郎でも、理由に見当は付く。小粒を握らせると、「ほな、お預かりしときまひょうで」と恩着せがましく言ったのである。

ところが、待てど暮らせど返信はない。たまりかねて件《くだん》の中間を問い詰めると、

「たしかに渡しましたけんど、返辞、行っとらんで。黒沢はんおっしゃりましたかいな、振られたんじゃ。お嬢はん、逢いとうないとしか、考えられまへんな」

小馬鹿にして鼻先で笑ったのである。金だけ懐に入れて、手紙は風呂の焚き付けにでもしたにちがいない。

近くで待ち伏せても姿を見せないし、繁太郎に逢えない事情ができて裏口から出入りしているのかと、そちらを見張ったがやはり現れない。

ある日、不意に呶鳴《どな》られた。

「泥坊猫でもあるまいに、屋敷内を窺《うかご》うてなにをしとる」

五十歳前後と思われる、半白の頭をした老人が睨み付けていた。話したことはないが、ヨウコの父の勇三郎だということはすぐにわかった。風見鶏と渾名されている男だ。そこで事情を話し、逢わせてくれるように頼んだのである。

ところが終始、小憎《こにく》らしそうに聞いていた勇三郎は、

「娘に付きまとう若い侍がおるとは聞いておったが、まさか元締役黒沢氏《うじ》の御子息とは、思うてもおらなんだ。なにを勘ちがいしとるのか知らんが、嫁入りまえの大事な娘に付きまとわれては、おおきに迷惑であるな」

「嫁入りまえ、でござるか」

「なにを驚いておる。出戻りの再嫁《さいか》だからと、愚弄《ぐろう》せんでもらいたい。わしにとっては、嫁入りまえの娘であることには、変わりないでな」

「なにも、愚弄など。わたしは、そんな話は聞いておりませなんだ。で、相手はどちらさまで」

「娘が言わなんだのは、話しとうなかったからであろう。それに、なぜ先方の名を教えねばならんのか。どうやら、まとまりかけておる話をぶち壊そうと考えておるようだな。となりゃ、ますます言う訳にはいかんではないか」

取り付く島もない。頭から拒絶しているとなれば、いくら話しても時間のむだである。

一礼して踵《きびす》を返した繁太郎に、勇三郎が追い討ちを掛けた。

「発情《さかり》の付いた雄犬のように、娘に付きまとうでないぞ」

左手が思わず大刀の鯉口を切ったが、鍔《つば》を押した親指を右手が辛うじて押さえた。

老人を斬るのは簡単だが、そんなことをすれば絶対にヨウコには逢えない。いや、それどころではなくなるのだ。

「失礼いたす。御免」

屈辱のあまり、全身の震えを鎮めることができず、目のまえの地面を睨み付けながら、繁太郎は足早に歩いた。

ともかくヨウコに、直に逢わねばならないと、ますますその思いが強まるばかりであった。たしかに望みの持てる状況ではないが、絶望という訳でもなかったからだ。

ヨウコ本人が拒絶しているのならともかく、最後となった逢瀬で、彼女は「今日はこれまでにいたしましょう」と言ったのである。二度と逢うつもりがないのなら、そんな言い方をするはずがない。

繁太郎が平静さを欠いているため、一晩休んで頭を冷やし、もう一度よく考えなおすようにと言った、とかれは解釈していた。

一晩休んだものの、さほど冷静になれたわけではない。しかし、逢いさえすればなんとかなるとの思いはあった。それなのに、門前払いを喰ったのだ。

そして今日は、決定的とも言える父親の全面拒否と、頭ごなしの侮辱である。腸《はらわた》が煮えくり返るようであった。

小柳家から南下して常夜燈の辻を西に折れ、巴橋のほうに向かったのは、岩倉道場に行けば、録之助がいるかもしれないと思ったからだ。

録之助に連絡してもらうよう、何人かに伝言したのだが、こちらも梨の礫であった。

繁太郎の足が遠退《とおの》いていることもあったが、たまに道場に顔を出しても、録之助の姿を見ることはない。もともと熱心な門弟ではなかったのだ。

身が入らぬ繁太郎は、稽古も適当に濁《にご》して道場を出てしまう。なにも言わぬが、道場主源太夫の厳しい目が自分に向けられているのを感じるから、居辛いのである。

巴橋に掛かろうとしたとき、向うから来る若い武士がうれしそうな顔で右腕をおおきくあげた。杉村小平次《すぎむらこへいじ》であった。たしか二十歳の部屋住みである。いつも小遣銭に困っており、だれかれなく取り巻いては、タダ酒を飲もうとする輩《やから》で、その節操のなさを内心では軽蔑《けいべつ》していた。

しかしそのときばかりは、地獄で仏の思いがした。小柳録之助に腰巾着《こしぎんちゃく》のように付き従っている男なので、ヨウコのことでなにか、聞き出せるかもしれないと思ったからである。

「ちょうどよかった、探していたのだ」

小平次はそう言ったが、もちろん口から出まかせだろう。会いたければ、屋敷に来ればいいのである。それが一番たしかであった。

「話したいことがあってな」

小平次はそこで言葉を切って、親指と人差し指で輪を作ると、口許に持って行くまねをした。

「いいだろ」

目に阿《おもね》る色があった。「いっしょに飲まないか」ではなくて、「奢《おご》れよな」なのである。

「いいですよ。ちょっと早いですけど」

「よし」

これでタダ酒が飲めるとの喜色が、満面の笑顔となった。

「わりといい店を、知っておるのだ」

返辞も待たずに先に立って歩き始めた小平次に、繁太郎は黙って付いて行った。

常夜燈の辻をすぎて東進し、二町ばかり行った所に要町《かなめ》がある。旅籠《はたご》や飲み屋の多い町だが、少し離れるだけで、けっこう安く飲み喰いできる店があるらしいことは、繁太郎も知っていた。

小平次が立ち止まったのは、「その瀬」と軒看板の出た、周辺《あたり》ではやや高級な店である。

かれは繁太郎の懐具合を勘案し、安くはないが高すぎもしない店を選んだのだろう。人にたかる連中は、表情からだけでも、その辺りをかなり正確に見抜くものなのだ。

「ここだ。いいな」

念を押すように言って、小平次は暖簾《のれん》を潜《くぐ》った。繁太郎は黙って従ったが、店の者の対応からは、一、二度は見たことのある客というところらしい。手銭で飲める店ではないので、たかれそうな相手が見つかればとねらっていたのかもしれなかった。

六

四畳半の小部屋に通されて、酒と料理が運ばれても、小平次は取り止めない話題に終始した。繁太郎はしばらく我慢したが、酒のお替りが来てもおなじ調子なので、話題の切れ目に嘴を挟んだ。

「話しておきたいことがあると……」

「ああ、そのことだがな」と、小平次は途端に沈んだ口調になった。「顔を見たおりにはそう思ったのだが、ここに来るあいだに、話さないほうがいいのではと思いなおした」

タダ酒を飲んでおいてそれはないだろう、と言いたいのを我慢して、繁太郎は先をうながした。

「知れば苦しむしかないとなれば、知らないほうがいいと言えないこともない」

「奥歯に物の挟まったような言い方ですね」

「それだけ微妙な問題だということだ」

「たとえ知って苦しむとしても、知らないで気を揉《も》むよりはいいと思います」

「さて、どちらが苦しいかな」

「覚悟はできています」

二人はしばらく見詰めあい、やがて小平次は視線を落とし、落としたままで言った。

「あまりにも憐《あわ》れで、可哀想《かわいそう》で、見てられないのだよ」そこで小平次は顔をあげた。

「あの女は、見世物小屋だぜ」

意味がわからず眉根を寄せた繁太郎を、小平次は半ば小馬鹿にし、同時に憐《あわれ》みの色を見せながら言った。

「なんだ、そんなことも知らんのか。見世物小屋ってのは、金さえ払えばだれだって楽しめるってことだ」

「嘘だ！　そんな女《ひと》じゃない。……それに、わたしは金なんか払っていない」

「色男ぶっておるのう。金は払ってないか。とすりゃ、もっと悪い。あとでごっそりツケを払わされることになるぞ。帳尻は、どっかであわさにゃならんからな」

「金さえ払えばなどと、口から出まかせはよしてください」

「せっかく親切に教えてやろうってのに、その言種《いいぐさ》はなかろう」

「断じて、そんな女では」

「そう思いたいのも、むりはないがな」

俯《うつむ》いてしばらく考えていたが、やがて小平次は顔をあげた。陰鬱《いんうつ》な、かぎりなく暗く、沈み切った顔である。繁太郎はぎくりとなって、思わず音を立てて唾を呑んだほどだ。

「わかった。では、黙って聞け」

　そう前置きして小平次は、なにかの一節らしきものを暗誦《あんしょう》し始めた。

「口に含みし楊梅《ようばい》の舌先にて溶け行くを感じるにつけ、貴女の顔容《かんばせ》の眼前に陽炎《かげろう》の如く立ち現《あらわ》るを」

　耳にするや否や、繁太郎の顔は強張《こわば》り、やがて引き攣《つ》って、両の目玉が飛び出しそうになった。それは、かれがヨウコに初めて出した手紙、いや恋文の一節であった。

「やめろ！　やめないか」

　暗誦を中断した小平次は、冷ややかな目で繁太郎を見たまま言った。

「ある色男が女に出した艶書《えんしょ》、俗に言う恋文ってやつだ。楊梅ってのは山桃のことだが、それを口に含むとは、なかなか際どいことを書く、天晴《あっぱ》れなやつよ」

　なぜ艶書の内容を憶《おぼ》えているかというと、女がそれを見せながら、「今どき、こんな初心《うぶ》な男がいるのだから、笑わずにいられないじゃない」と言ったのだという。それも、媾合《まぐわい》のあとで。

「嘘だ！」

「そう、いきり立つな。それに寝物語であろうとなかろうと、大差はないであろうが」

　繁太郎は荒々しい息を吐くばかりで、言葉にならなかった。

「信じたくないのはわかる。あのあとで女が艶書を見せたのではない、かもしれん。

たまたま、なにかのおりに見せたのでもない、ということもあろう。では、なぜおれが知っているか。小平次のごとき品性賤《いや》しき輩のことだ、盗み取ったにちがいない。でなければ、たまたま拾ったのだ。そう思っておるのだろう」

決め付けられて、うっかりと繁太郎はうなずいてしまった。

「正直でよろしい」

小平次は笑ったようだが、顔が醜《みにく》く歪《ゆが》んだだけかもしれない。さまざまな屈折と蟠《わだかま》りが歪めたのだろう。

「これだけは言いたくなかったのだが、信じてもらえぬとなれば、致し方あるまい」

またしても、気を持たせる言い方である。そう言っておきながら、小平次は逡巡《しゅんじゅん》した。あるいはその振りをしてから、おもむろに口を開いた。

「うしろからやったことはあろう」斬り付けるような口調であった。「裸になってうつ伏せになった女の腰に、左右に並んでちいさき凹《へこ》みができる。それを艶笑窪《つやえくぼ》とか、色笑窪と呼ぶ。ヨウコの艶笑窪の真ん中には、かなり目立つ黒子がある。おれがそれを知っておるということは、どういうことかわかろう」

「言うな！　それ以上、あの女《ひと》を悪しざまに言うことは許さぬ」

「落ち着け。そういきり立つな。女を悪く言っておるのではない。悪い女の話をしておるだけだよ、繁さん」

繁さんと親しげに呼ばれて、頭に一気に血がのぼるのがわかり、目の前が真っ赤になったような気がした。繁太郎は思わず大刀に手を伸ばした。

「やめておけ。おれを斬ったとて、刀の汚れになるだけだ。繁さんは」

「よせ！　親しげに呼ぶことは許さん。そんな間柄ではないだろう」

「親愛の情を籠めて呼んだのだがな。色女以外に呼ばれたくないか」

伸ばした手が大刀を摑んだ。

「やめておけと言っただろう。おれを斬り殺せば、腹を切らねばならんぞ。となりゃ、黒沢家は跡継ぎがいないため御家断絶。元締役の位をねらっておる連中が喜びこそすれ、悲しむ者は一人もおらん。繁さんは黒沢家の御曹司《おんぞうし》、黙っておっても将来は重職になれる身だ。一方のおれは杉村家の部屋住み、斬り殺されりゃ、厄介者がいなくなったと兄と父が雀躍《こおどり》して喜ぶ。秤《はかり》に掛けるまでもない、歴然たる差があるのだ。おれのような軽輩のために、せっかくの一生を棒に振る愚は避けるが賢明だろうが」

繁太郎はへなへなと、その場に崩れそうになった。小平次に翻弄《ほんろう》されて、全身からすべての力が抜けてしまったのである。

「いささか灸《やいと》が強《きつ》すぎたようだな。哀しませたり、驚かせたりする気はなかったのだ。繁さんのためを思って、耳に入れておいたほうが友人の務めだと考えてな」

繁さんと呼ばれても、もはや反発する気になれず、友人と言われても打ち消す気力もなかった。

「だが、本当に言いたいのはこれからだ。気を鎮めて聞いてくれ」

お為《ため》ごかしの親切だとはわかっても、拒否することはできなかった。

「繁さんが忘れられんのは、あの女ではなくて、あの体だろう。閨房《ねや》での技に夢中になったとしてもむりはない。繁さんはヨウコ以外の女を知らんからな。新地へ行ってみろ、あれくらいの床上手《とこじょうず》は掃《は》いて捨てるほどいるぜ」

「嘘だ！」

弱々しく打ち消したが、嘘だとは思っているわけではない。多少は大袈裟《おおげさ》に言っている部分もあるだろうが、小平次が偽《いつわ》りを言っているとは思えなかった。

「では訊くが、ヨウコ以外の女と同衾《どうきん》したことは、いやさ寝たことはあるのか」

言われて繁太郎は言葉に詰まった。

「ヨウコが初めての女だってことはわかっている。男にとって忘れられぬのは、最初の女だ。自分を男にしてくれた女を、一番よく思うものだ。だが、それは男の感傷にすぎん。鳥はな、卵から孵《かえ》って最初に見た動くものを、母鳥と思うそうだ。男にとってそれとおなじなのが、最初に寝た女、自分を男にしてくれた女ってことだな」と、ひと息入れてから小平次は続けた。「何人もの女と寝れば、女ってものが全部ちがうとわかる。千人の女と寝てみな、千人みんなちがうぜ。もっとも、おれはそこまで達しておらんがな。千人どころか、三桁にも届いちゃいないのだ、恥ずかしながらな。数えたことはねえが、三十人は超えているものの、五十人には達していないかもしれん。しかも、そのほとんどは商売女ときてるでな、自慢できることではない」

自慢しているのか、卑下《ひげ》しているのか、だがそんなことはもはやどうでもよかった。

「なんでこんなことを言うかというとだな、ヨウコとだけしか寝ていないのに、あの女が最高だ、あの女がいなくては生きていけないなどと、言わんでもらいたいということなんだよ」

小平次の、いい加減なようでいて的を外さない攻撃で、繁太郎は頭がくらくらした。まるっきり、でたらめばかりを並べているわけではないだけに、堪えるのである。

「ヨウコと寝た、素晴らしい女で、床上手だった。それはいい。忘れようとしても忘れられない。それもけっこうだ。なにも忘れることはない。ところで今、その女が逢うことを拒《こば》んでいる。あるいは親か兄が逢わせようとせぬ。こんなありがたいことは、またとないぜ。普通はこっちから手を切ろうとしても、そう簡単にいくものではない。それを向うが逢おうとしないのだからな。だれだって、にんまり笑って受けるぜ」

そこで小平次は決定的ともいえる、連続的な殴打で繁太郎を打ちのめした。

女が六歳も年上で、しかも離縁された出戻り女、両親をはじめ周囲が絶対に認めるはずのない両家の格のちがい。ヨウコの場合は繁太郎への思いやりと、彼女の弁解が背後に感じられたが、小平次には揶揄《からかい》しかなかった。

「ヨウコのことなど、きれいさっぱり忘れちまいな。もっといい女、繁さんにふさわしい女はいくらでもいるぜ。元締役の御曹司で、このまま知らん顔をして、親父の跡を継いで重職になりなよ。おなじ格の家から箱入娘をもらって、隠れて遊べばいいではないか。そうなりゃ気が楽だと、ヨウコが縒《よ》りをもどしてくれるかもしれん。割り切るんだよ。金さえ出しゃ、ヨウコくらいの女はいくらでも抱けるのだ。いや、もっと若くて、多様な技の持ち主がな。なんなら、おれが世話してもいい」

そう言って、小平次はにやりと笑った。その笑いを見て、繁太郎はこの男の話にうんざりしていたのに、今さらながら気付かされた。鬱陶《うっとう》しくてならないのに、相手のお喋りに惰性《だせい》のように付きあっていたのだ。

繁太郎が障子を開けると同時に、虫の鳴き声が雪崩《なだ》れこんできた。何種類ものコオロギ、それにマツムシやスズムシなのだろうが、いつの間にかすっかり秋になっていたのである。

火影《ほかげ》にぼんやりと浮かびあがった庭には、石燈籠、庭石、池泉、庭木、草花がすっきりと配されていた。

虫の声は相当に姦《かしま》しく、入り乱れているのに、少しも耳障りではなかった。

「二十年、三十年もすりゃ、繁さんは今夜のことをきっと懐かしく思い出し、この小平次さまに感謝することになるだろうぜ。今は鬱陶しくてならんという顔をしているがな」

そのときには黒沢繁太郎は老中にでも出世しておるだろうから、改めて奢ってもらうとしよう。西横丁《にしよこ》にある、上級藩士の通う高級料理屋「花かげ」辺りで、恩人として遇してくれよな、などと、杉村小平次は言いたいだけ言うと、立ちあがった。

「馳走《ちそう》になった」

礼とも言えぬ言葉を残して、小平次は部屋を出た。かれを送ってもどった小女《こおんな》に、繁太郎は酒をもう一本たのんだ。虫が入るので閉めましょうかと問う小女に、そのままにしてくれ、とだけ言った。

小平次が去っただけで、部屋の空気が清浄になったように思われた。繁太郎は目を閉じると、鳴き交わす虫の声に聞き入った。

なんと清澄《せいちょう》な、濁りや汚れの微塵《みじん》も含まれぬ音色であることか。このように心を鎮め、清めてくれるものがあることを、自分はすっかり忘れていた。

ちゃんと見ているつもりでいながら、何枚もの紗や絽《ろ》を通して世界を見ていたのかもしれない。いや、目覆《めおお》いを着けられた馬車馬《ばしゃうま》のように、目のまえのごく狭い範囲しか見ることができなかったのだ。それで本当の姿が見えるわけがないではないか。

小平次は自分では気付きもしないで、恐らくは捨て台詞《ぜりふ》のように「この小平次さまに感謝することになるだろうぜ」と言ったが、まさにその通りかもしれない。

突然の驟雨《しゅうう》が、ほとんど一瞬のうちに、空中の埃《ほこり》を洗い流し、大気を清浄にしてくれることがある。今、その驟雨が通りすぎて行ったのであった。

もしも変われるなら、それは今かもしれない。繁太郎は目を閉じて、闇から届く虫の音色に聞き入った。

七

六ツ半（午後七時）に伺いたいと中間を寄こした柏崎数馬が、五ツ（八時）に変更してもらえないかと再度連絡してきた。一人同道する者があるとのことなので、黒沢繁太郎だろうと岩倉源太夫は見当を付けた。

供侍や槍持ちのほかに提灯《ちょうちん》持ちの中間を連れた、数馬としてはめずらしく大仰な人数であった。かれも闇でも見えるようにとの鍛錬、大村圭二郎《おおむらけいじろう》が名づけた梟猫稽《きょうびょう》古を続けていたので、普段は提灯持ちを連れ歩かないのである。

ただその日は繁太郎が同道したので、数馬の義父が中老としての格を重んじ、供侍や中間を付けたのだろう。

数馬は迎えに来る時刻を命じると、供侍たちを帰したが、そのとき供の一人から酒徳利を受け取った。

「出ようとしましたら繁太郎が参りまして、先生にお詫《わ》びしたいので執《と》り成してもらいたいと」

数馬は徳利を持ちあげて見せた。

「酒ならあるわい」

そう言って二人を請じ入れながら、段々と師匠に似てくるな、と源太夫は苦笑した。

その日、下男の権助相手ではあったが、「それがわかりゃ苦労はせんわい」と言って、言ったあとで師匠の口癖《くちぐせ》ではないかと、思わず頬をゆるめたばかりだ。

それまでは意識しなかったのだが、剣の師匠である日向主水が亡くなってから急に、話し方や口調が、さらには素振《そぶ》りまでもが、そっくりになってきたのを感じていたのである。

源太夫と数馬は胡坐《あぐら》をかいたが、繁太郎は正座して両手を膝に突き、緊張のためか蒼白な顔をしていた。

みつが酒器を置き一礼して去ると、逸《いち》早く数馬が徳利を手にして源太夫、続いて恐縮する繁太郎の碗に注いだ。数馬が自分の器に注ぎ終わるのを待って、源太夫は碗を手にした。

かれがひと口含んで器を置くのを待っていたように、繁太郎が口を開きかけた。だが、それより早く源太夫が言った。

「詫びなくともよい。目が醒《さ》めたのであれば重畳《ちょうじょう》じゃ」

「あッ」

「いかがいたした」

「母におなじことを言われましたので」

「差し支えなければ聞かせてもらえぬか。もちろん、話せる範囲でよいが」

繁太郎は躊躇《ためら》いを見せた。

「人に話すことで、自分のおこなったことや考えを、整理できることもある」

言われて少し考えていたが、やがて繁太郎は話し始めた。師匠と高弟をまえにすれば、当然だが緊張するだろうし、露骨な表現はできないはずである。

あの夜、小平次と「その瀬」で飲んで遅く帰ると、父の良衛はすでに就寝《やす》んでいたが、母はまだ起きていた。

「いろいろとご心配をお掛けしましたが」

繁太郎が両手を突いて詫びようとすると、母がそれを制して、

「目が醒めたようですね。であればなにも詫びることはないのです」

「ご存じだったのですか」

「腹を痛めた子のことがわからずに、母親は務まりません」

「すると」

「あの女のことで注意すれば、繁太郎はむきになって、ますますのめりこんでしまう

でしょう。そうなると、見えるものも見えなくなってしまいます」

「そうなっておりました。目が曇《くも》ってなにも見えなかったのです」

「そのようですね」

「父上はご存じなのでしょうか」

「わたしが気付くくらいですから、わからぬ道理がありません」

ただ、岩倉道場に通わせているから、大丈夫だろうと言ったとのことである。

母から聞いた、それに続く両親の会話は、繁太郎には耳が痛かった。

「ですが、稽古熱心でないといいますか、有体《ありてい》に申して稽古嫌いなようなのです」

「目論見《もくろみ》がはずれたか。ただ、多少であろうと源太夫どの謦咳《けいがい》に接しておれば、大崩れはせぬであろうが」

源太夫が道場を開いたとき、繁太郎の年少組入門手続きは、父の良衛がすませていた。

「まちがいのないたしかな人物ゆえ、かならずや得るものがあろう」

確信を持って父はそう言ったのだが、繁太郎はその期待を裏切る怠《なま》け者の弟子で、身を入れず、自分から学ぼうとする意欲はまるで抱かなかったのである。

「岩倉先生にお詫びして、改めて学びなおそうと思います。剣だけでなく学問もですが」

　繁太郎がそう言うと、母はおおきくうなずいた。

「でしたら、柏崎さまにお願いして、ごいっしょしていただきなさい」

「でも、あの方に詫びていただくなんて」

「詫びていただくのではありません。ごいっしょねがうだけです。お二人とも、それだけで十分にわかっていただけるはずですから」

　なぜなのかわからぬままに、柏崎家に数馬を訪ね、「実は」と言うと「ああ、わかった。言いづらいであろうから、言わずともよい」と言われ、繁太郎はますます混乱したのである。

　それに追い討ちを掛けたのが源太夫の、目が醒めたのであれば詫びる必要はない、とのひと言であった。

　せっかく決心し、意気ごんで来たのに、肩透《す》かしを喰ったに等しい。やっと子供から脱することができたと思っていたが、まだまだ子供でしかないと思い知らされたのである。

　前夜、「その瀬」で、庭に集《すだ》く虫の声を聞いたとき、繁太郎は瘧《おこり》が落ちたように感じた。そして、見えなかったものが一度に見えたとの思いと、冷や水を浴びせられたような衝撃を、同時に受けていたのである。

ヨウコを知ってからの四、五ヶ月は、とてもまともとは思えなかった。はっきり言って異常であった。その数ヶ月が、自分のそれまでの十七年あまりと、おなじほどの密度、比重に感じられたのである。

それは彼女の体が、身も心をも虜《とりこ》にしたからであった。そのために冷静さを失ったかれは、そこに至った異常さに気付くことができなかったのである。

おなじ岩倉道場の弟子ではあっても、言葉を交わしたこともない小柳録之助が急接近してきた。それればかりか、録之助の仲間といっしょに新地に飲みに誘われたのである。

数日後、そのときの何人かと小柳家に招かれたおり、ヨウコが酒肴を運んで来た。録之助が「様子《ようす》と書くが、読みは様《さま》の子でさまこだ。出戻りだが、よかったらだれぞもらってくれんか」と紹介したのは、そのときである。ヨウコは全員に笑いかけ、「ひどい兄でしょう」と言ったが、特に繁太郎に好意を抱いたようでもなかった。

新地と小柳家の屋敷では、ともに杉村小平次がいたのだが、それを繁太郎が思い出したのはあとになってからだ。

ところで、録之助から呼び出しを受けて小柳家に出向くと、相手は不在で、二人きりになりたかったので手を打ったのだと、ヨウコに告白されたのである。繁太郎は山桃の樹から飛び、ヨウコとも飛んでしまったのだ。

ここまでの運びを、あとになって冷静に考えて見ると、筋道を考えた狂言作者は、どう考えても録之助でしかない。ただし、その当座は構図がまるで見えなかったのである。

山桃の果汁で染まった着物をヨウコに洗ってもらい、録之助の着物に着替えて帰宅したが、当然気付いたはずの母は、なにも言わなかった。洗ってもらった自分の着物を持ち帰ったときも、母は無言であった。

母は気付いていたのだろうか、それともどこか変だ、くらいに思っただけだったのか。

そこで間があったのは、話すべきかどうかを迷ったからだろう。だが意を決して、繁太郎は打ち明けた。

「わたしはとんでもない見落としを、していたのです」

ヨウコと暮らせるなら、家を、そして親をも捨てようとまで、かれは思い詰めるに至った。浪人になってもかまわないと言うと、馬鹿なことを言わないでと、ヨウコはひどい剣幕で否定したのである。さらに遣り取りがあったあとで、繁太郎は言った。

「園瀬のような田舎にいるから、身動きがとれない。思い切って江戸に出よう。自由な地で、のびのびと手足を伸ばして生きようではないか」

かれの甘すぎる夢想に、ヨウコはほとんど絶望的にこう言った。

「そんなこと。そんなことをすれば、思う壺じゃない」

だれの思う壺なのかと問いはしたものの、それは会話の流れの中で出た質問で、ヨウコの言葉の重要性に、そのとき繁太郎は気付いていなかった。

「人の世には表と裏がある」と、源太夫が言った。「本音と建前というものがある。人はそれを弁《わきま》え、ときに応じて使い分けている。世の荒波に揉まれ洗われないと、それはわからない。繁太郎」

「はい」

「気付いたからここに来たのだろうが、おまえは仕組まれた罠に、嵌められそうになっておった」

「完全に嵌められておりました」

繁太郎よりも先に数馬がそう言うと、源太夫もうなずいた。

「気付くではあろうと思っておったが、でなければ、どこかで言わねばならんと考えていた。ただ、自分で気付かぬかぎり、人はなかなか立ち直れるものではないのでな。ん？　いかがいたした」

「自分はようやくのことで、子供から抜け出ることができたと思ったのですが、先生と柏崎さまのまえでは、まだまだ子供、それも少年にすぎないと、思い知らされました」

「いや、十八歳のころのわしに較《くら》べると、繁太郎はずっと大人だ。二人のちがいは、ほんのわずかでしかない」

言い掛けて言葉を切ったので、重要なことが聞けると、繁太郎だけでなく数馬も思わず身を乗り出した。

「わしは剣に迷い、繁太郎は女に迷った。ただ、それだけだ」

その言い方がおかしいと数馬が吹き出し、繁太郎もひかえ目に笑った。

「かならずしも全員がとは言えぬかもしれぬが」と源太夫が言った。「蹉跌《つまずき》を味わった者は、そうでない者より逞《たくま》しくなる」

何度もうなずいた繁太郎は、心を入れ替えて学びたいと、改めて入門を申しこんだが、源太夫は次のように釘を刺した。

「わしの師匠である日向主水どのの口癖は、技を磨くまえに心を磨け、心を磨く前に床を磨け、だった。道場開きは明け六ツで、新入りはその四半刻まえに来て、拭き掃除をすることになっておる。竹之内数馬、今の柏崎数馬だな。それから東野才二郎、狭間《はざま》銕《てつ》之丞《のじょう》、大村圭二郎などなど、ものになった連中は、すべてこなしてきた。おまえは新入りとは言えぬが、本気なら新入りのつもりでやってみろ。元締役の御曹司にそれが務まるかな」

「つまり、黒沢繁太郎にならできるだろうとのお言葉だと、ありがたく承《うけたまわ》りました。と申しても半信半疑のようですね。わたしはやりますよ」

「できるかな」

源太夫と数馬が同時に言ったが、それは、おまえならできるとの期待が籠められたものであった。

酒の上の諍《いさか》いから、小柳録之助が杉村小平次を斬り殺したのは、それから旬日も経たぬ日のことであった。なんでも、録之助の「この裏切り者めが」との詰《なじ》りに、小平次が「沈む船には鼠も乗らぬ。おれは十年、二十年先に賭けたのよ」とせせら笑ったのが原因であるらしい。

血刀を提げて帰った息子に切腹を命じ、それを介錯したのち、勇三郎は腹を切り裂いた。ヨウコと母は髪を落として尼寺に入った。

そのため繁太郎は、遂にヨウコの気持をたしかめる機会を失ってしまったのである。なんと愚《おろ》かで、幼かったことだろうと、悔まれてならない。ヨウコとは絶対に離れたくない。厭だと言い張るなら、ヨウコを殺して自分も死ぬ、とまで思い詰めていたのだ。

ところが若さゆえの、未熟ゆえの愚かさが出てしまったのである。

「そんなにまで、わたしのことが好きなの」

「好きだ」

「どこが好きなの」

「どこもかしこも。なにからなにまで、すべてだ」

「嘘。体でしょ。繁さんを喜ばせてあげられる、この体でしょ」

「……！」

「こんなもの、体なんて、わたしのほんの一部でしかないのに、ほかには目を向けてもくれない」

その痛切な叫びの真意が、かれにはわからなかった。完全に相手を打ちのめす、決定的なひと言を言ってしまったのだ。

「それで悪いか。体が好きでいけないのか」

ああ、時間が逆戻りしてくれれば、どれほどいいだろう。が、そんなことは絶対に有り得ないのである。

家の没落、理不尽《りふじん》極まりない離縁、屈辱に耐えられなくなった兄録之助の、黒沢家を引きずり降ろそうとする卑劣《ひれつ》極まりない策略、その道具として繁太郎を誘惑するように命じられたヨウコ。

まるで山桃のように、薄い膜でしか身を護《まも》れない弱い立場の女性が、幾重《いくえ》もの外力で、膜を繰り返し傷付けられていたのに、繁太郎は気付きもしなかったのである。それればかりではない、もっともひどい傷付けかたをしてしまったのだ。

尼になったヨウコは、おそらくは逢ってはくれないだろう。だが自分は逢わねばならない。逢って心から詫びねばならない。

技を磨くまえに心を磨け、心を磨く前に床を磨け、と師匠である岩倉源太夫は、日向主水に言われた言葉を、今も忘れず胸に刻みこんでいる。

ここで、謙虚になり、改めぬ限り、自分が人としての道を踏み外してしまうのが、はっきりとわかった。

黒沢繁太郎は、あるじを失った旧小柳家の山桃の樹に、深々と頭《こうべ》を垂れた。

水を出る

兄弟仲の良さはだれもが認めるところであったが、幼いなりに対抗心もあるようだ。それも、市蔵より三歳下の幸司のほうが、より強いように感じられた。

仔犬を拾ってきた市蔵は、余り物で餌を作ると、庭の片隅で食べさせてやった。

「常夜燈の辻に、捨てられていたのです」

食べ終えた仔犬の頭や背を撫でていた市蔵は、背後に立った源太夫とみつに気付くとそう言った。

「人通りが一番あるからな」

源太夫の言葉にみつはうなずいた。

「だれかに、育ててもらいたかったからでしょうね」

花房川の堤防をくだって、水田の中を真っ直ぐ北進し、園瀬の里の集落にぶつかる位置に、常夜燈の辻はある。

名の由来となった燈籠は庵治《あじ》の御影石《みかげいし》造りで、基礎、竿、中台、火袋、笠、宝珠まで二間（約三・六メートル）ほどもある、堂々たる造りであった。

一

宝珠と笠は緻密な黒御影石で、磨きあげられて光沢《こうたく》を放ち、基礎は八角形で、横に唐草模様が彫られている。竿は太くて短く安定しているが、削り出されたままで磨かれていないため、白っぽく見えた。火袋は四角形で大きく、四面に障子紙が貼られた頑丈な木枠が嵌《は》められ、強い風にも火の消えない工夫が施《ほどこ》されていた。

常夜燈は辻の南西角に建てられ、南東角には番所が設けられていた。番所では六尺棒を持った番人が交替で番をし、夜を徹して灯を絶やさないようにしている。辻の北東角には火の見櫓《やぐら》が組まれて半鐘が取り付けられ、堤防の内側ならほぼ全域でその音を聞くことができた。

辻の北西角には高札が掲げられている。

また、一日、十一日、二十一日には、辻の広場で、野菜や果物、干魚、籠や笊《ざる》などの竹細工品、縄などの藁《わら》製品、古着、瀬戸物など生活用品の市が立った。一の日が市の日という洒落だろうが、覚えやすいこともあって、すっかり定着している。

ゆるやかな斜面に扇状に拡がる城下の要が天守閣だとするなら、生活の要は常夜燈の辻と言ってもいい。

仔犬を捨てざるを得なかった飼い主は、もっとも目に付きやすいその辻に捨てたものと思われる。番人は市蔵に、どのような人物がいつ捨てたかは気付かなかったと言ったそうだが、おそらくは目こぼしだろう。

「五匹が箱に入れられていたそうですが、元気なのから持っていかれ、市蔵が見たときには、三匹が残っていました。こいつが一番のチビで、弱ってもいたのです」

だれにも引き取ってもらえそうにないので、自分が持ち帰ったのだと、市蔵は訴えているのである。

そのチビが、市蔵と目があうなり箱から出ようとした。箱の縁は高くはないものの、仔犬にとってはかなりの障害で、もがきにもがいてなんとか乗り越えはしたが、どたりと地面に落ちてしまった。懸命に立ちあがった仔犬が、よろよろと歩いてくるので、市蔵は思わず駆け寄って抱きあげた。

すると仔犬は尻尾を弱々しく振りながら、市蔵の掌《てのひら》や鼻を桃色の舌で舐めたのであった。そして、「どうか捨てないでください、捨てられたら、行き場のないわたしは死ぬしかありません」と目で訴えた、というのである。

市蔵は市蔵なりに、飼うことを許してもらおうと、必死になって考えたのだろう。それを思うといじらしい。

ただ、可哀想だからと拾ってはきたものの、十分な世話ができぬようでは困る。その源太夫の考えがわかったかのように、市蔵が言った。

「世話は市蔵がしますから、武蔵《むさし》を飼ってもいいでしょう、父上、母上」

「武蔵……か」

「三匹の中で一番弱そうだったので、強くなってもらいたいと、宮本《みやもと》武蔵の名をもらいました」

名前まで付けたとなると、まさか捨てて来いとは言えない。許す気にはなっていたが、念を入れて付け足した。

「道場には多くの人が出入りする。犬の嫌いな者もおるやも知れん」

「はい。でも父上は、軍鶏を飼われているではありませんか。お弟子さんや出入りの人の中には、軍鶏を嫌いな人もいるでしょう」にこりと笑って、市蔵は止めを刺した。「しかも世話は権助がしています。武蔵の世話は市蔵がしますから、飼わせてください」

軍鶏をゆっくりと歩ませながら、持ちあげた唐丸籠を日陰に移していた権助が、思わず笑みを洩らした。

「市蔵若さまはなかなかの策士でございますな、大旦那さま」

父親の代からいる忠実なこの老僕は、ときとして、主人がわが子や弟子にやりこめられるのを、おもしろがっている節があった。みつがもらい笑いをしたので、源太夫としては苦笑するしかない。

武蔵の体毛は明るい茶であったが、腹と四本の脚の先、そして尻尾の先端が白かった。市蔵が呼ぶと武蔵は飛んで来て、尻尾をしきりに振るのだが、先が白いだけに一層かわいく見えるのである。

幸司は市蔵になついた武蔵を、羨《うらや》ましくてならぬという目で見ていた。武蔵は幸司にもなついていたが、おなじように甘え、尻尾を振ってじゃれついても、武蔵の二人への接し方には明らかなちがいがあった。

幸司は口には出さないものの、目に悔しさが滲《にじ》み出ているのが、源太夫とみつにはわかった。


二ヶ月ほど経った雨の日に、幸司は濡れた体毛がべったりと貼り付いた仔猫を拾って来た。痩せこけて、ミャーミャーと弱々しく鳴くのが、いかにも哀れであった。

「名前は小次郎《こじろう》です」

幸司はそう言って胸を張った。

市蔵が犬なので猫、武蔵には小次郎ということだろう。兄に許した以上、弟に捨てこいとは言えない。

幸司はみつにもらった古切《ふるぎ》れで、仔猫の体を念入りに拭ってやった。体毛がすっかり乾くと、焦げ茶も黄も色の濃い、綺麗な縞《しま》模様である。

「いやあ、これは見事な虎猫ですな」思わず権助が声をあげた。「おおきくなったら、虎になるかもしれません」

「本当？　権助」

「かもしれません、と申したでしょう。これだけ立派な模様をしているのですから、なったとしてもふしぎではありません。それはよろしいとしまして、小次郎はいかがなものでしょうかな」

「どうして」

権助はいたずらっぽい目で源太夫を見て、首を傾げたままの幸司に言った。

「こいつは雌《めん》ですよ、幸司若さま。雌に小次郎は、おかしくありませんか」

「雌の小次郎だもん」

意地もあったのだろうが、幸司は小次郎で通してしまった。

――案外と頑固なところもあるようだが、はて、どちらに似たのであろうか。

犬猫は餌を与え、糞尿の躾《しつけ》さえできていれば、特に世話というほどのこともない。庭も広いので、遊び場としては十分であった。

なんにでも興味を示す仔犬と仔猫は、軍鶏や矮鶏《ちゃぼ》にもかまってもらいたくて、しきりとじゃれつこうとした。ところが軍鶏は、軍鶏にしか関心を示さない。軽くあしらおうとさえせず、完全に無視して相手にもしなかった。冷ややかに睨まれただけで、武蔵も小次郎も身が竦《すく》んでしまい、これはまるでべつの生き物なのだとわかったようであった。

一方の矮鶏は、悲鳴をあげて逃げ惑う。拡げた翼で地面を掃くようにして土埃《つちぼこり》を巻きあげながら、短い脚で目まぐるしく右往左往した。まるでこの世の終わりかというほどの姦《かしま》しい悲鳴なので、すぐに権助なり弟子のだれかが飛んで来て、さんざん叱られてしまう。

仔犬も仔猫も、矮鶏が慌てふためくさまがおもしろくてならぬようであったが、ほどなく厭きて、かまわなくなってしまった。市蔵や幸司と遊ぶほうが、はるかに楽しかったからだろう。

二匹は仲がいい。名前こそ武蔵と小次郎だが、喧嘩ひとつしなかった。

二人が武蔵と小次郎を飼い始めたのは、市蔵が七歳、幸司が四歳の年である。

翌年、八歳になった市蔵は岩倉道場の年少組に入門し、正式に源太夫の弟子となった。幸司も入門したいとせがんだが、いくらなんでも五歳は早すぎる。

「焦ることはない。そのときが来るまで待つのだ」

「いつまでですか、父上」

「市蔵の入門は八歳だった」

「三年も待てません」

「ま、少なくとも一年はむりだな」

「一年、ですね」

幸司は落胆したような声を洩らし、肩を落としたのである。

ちいさな稽古着に身を包んで道場に出た市蔵を、幸司は羨ましそうに、悔しそうに眺めていた。そして稽古が終わると、なにかと聞きたがった。兄は請われるままに、ただし、いくぶんは得意気に弟に話して聞かせた。

幸司を悔しがらせるできごとが、もう一つ起きてしまった。

ある日、修一郎が佐吉を連れてやって来たのである。佐吉は市蔵とおない年であった。

「どうしても父上の道場に弟子入りしたいと、言い張るものですから」

佐吉を年少組に入門させてほしいとの頼みであったが、修一郎はどうやら乗り気ではないらしく、浮かぬ顔をしていた。

なのに、息子をちがう道場に弟子入りさせると、なにかと勘繰られると思ったのだろう。

「日向道場に紹介してやってもいいぞ」

「ただ、ほかの道場というのも」

つまり、修一郎も一度はそれを考えたということである。しかし、源太夫が道場主なのに、息子をちがう道場に弟子入りさせると、なにかと勘繰られると思ったのだろう。

佐吉は藩随一の剣の遣い手で、秘剣「蹴殺《けころ》し」を編み出した岩倉道場主、源太夫が自分の祖父だと知ると、なんとしても入門して、祖父のような剣術遣いになりたいと、熱望するようになったらしい。意欲満々の佐吉と、困惑気味の修一郎の落差はおおきかった。

皮肉なものである。人との関わり方が下手で、人間関係がうまく行かずに悩んでいた源太夫は、日向道場のあるじ主水の助言を、すなおに受け容れたのであった。

「ひたすら剣の修行に励んで腕をあげれば、江戸詰めに推輓《すいばん》し、向こうの道場を紹介してやるから、免許皆伝の腕となれ」と、主水は言った。「そして早く妻《めと》を娶り、息子が生まれて成長すれば、なるべく早く家督を譲り、隠居してしまうのだ。そして道場を開く。道場主は一国一城のあるじだ。宮仕えなんぞ、むふふふふ」

主水は笑ってごまかしたが、馬鹿らしくてやってられんぞと言いたいのは、十分にわかった。

源太夫はそれを忠実に実行した。

十八歳で十六歳のともよを妻とし、十九歳で江戸詰めを命じられ、一刀流の椿道場に入門したのである。そこで大身旗本秋山勢右衛門《せいえもん》の三男坊、精十郎と意気投合して屋敷に招かれ、勢右衛門から鶏合《とりあ》わせ（闘鶏）を見せられたのであった。

そのころ新妻のともよから、懐妊の報がもたらされた。そして翌年、二十の歳に長男修一郎が生まれたのである。

名鶏の闘い振りから閃《ひらめ》きを得た源太夫は、二十二歳で江戸詰めを解かれたが志願して留まり、精十郎の協力を得て秘剣「蹴殺し」を編み出したのであった。

園瀬にもどってからも、人との付きあいが苦手なことに変わりはない。むしろ無愛想の度合いが強まり、軍鶏を育てるのと釣りに出かけること、密《ひそ》かに居合いの腕を磨くことに没頭した。

二十九歳の年に妻のともよが没した。人と接することが満足にできず、家庭を顧《かえり》みない源太夫を見て育った修一郎は、父を裏返したような人物になっていった。

人当たりがやわらかで、話し好きで気配りの利いた、だれからも好感を持たれるような若者に、いつの間にか育っていたのである。「これが本当に、あの壁のように無愛想な源太夫の息子なのか」と、だれもが驚いた。

父の勧めで日向道場に入門したものの、ほとんど関心がないようで、主水も嘆息したものである。剣も満足に振れないこの若者が、本当にあの源太夫の息子なのか、と。

源太夫が三十八の歳に、十九歳の修一郎が十六歳の布佐を娶った。翌年、佐吉が生まれたので、源太夫は息子への家督相続と隠居、そして道場開きの伺いを出した。そこまでは予定どおりであったが、相続と隠居は許可されたものの、道場開きが許されたのはさらに翌年の秋で、四十歳になってからである。

四十一歳になった二月下旬、源太夫はみつを後添えに迎え、ほどなく念願の道場開きをおこなった。その五日後、立川彦蔵《たちかわひこぞう》に対する上意討ちの命がくだり、彦蔵を倒し、孤児となった三歳の市蔵を養子にした。ところが五月にみつの懐妊がわかり、翌年一月に幸司が生まれたのである。

源太夫は四十二歳になって、長男修一郎とは二十二歳差の幸司を得たのであった。その幸司が五歳の年に、八歳の市蔵が父の源太夫に入門し、おない年の佐吉も入門すると言ってきたのである。幸司は複雑な思いをすることになったが、人間関係も複雑でいささかややこしい。

現時点での年齢で整理すると、次のようになる。

源太夫四十六歳、長男の修一郎二十七歳、修一郎の長男佐吉八歳、とこれに関しては、なんの問題もない。源太夫が養子にした市蔵は、かれの次男となり八歳、後添えのみつとのあいだに生まれた幸司は、三男で五歳。こちらも、長男との年齢差をべつにすれば特に問題はない。

幸司からはこうなる。修一郎は腹違いの長兄となるので、その息子の佐吉は、三歳年上の甥であった。市蔵が三歳上の次兄である。

佐吉からは、市蔵はおない年、幸司は三歳年下の叔父《おじ》ということだ。

もちろん、幸司をはじめ、佐吉も市蔵も、そんなことは知りもしない。同年齢あるいは年の近い親類、くらいにしか思っていないだろう。

佐吉の入門をだれよりも喜んだのは市蔵で、陽気なかれは弟子入りしたばかりの年少組の兄貴分として、常にその中心にいた。

一方の幸司にすれば、兄の市蔵が父に入門しただけでも事件なのに、市蔵と同年の佐吉まで入門したのである。これは負けず嫌いな幸司にとって、心穏やかならぬ出来事であったはずだ。

二

源太夫はその年、大村圭二郎が投避《とうひ》稽古と名付けた練習法を、正式に採《と》り入れることにした。離れた距離から顔を目掛けてゆっくりと物を投げ、完全に躱《かわ》せるようになると次第に速くして、全力で投げても凌《しの》げるようになれば、距離を縮めていく方法である。

上達すれば、一間（約一・八メートル）の間を置いて全力で投げても、避けられるようになる。

多くの弟子が注視する中で、師範代の東野才二郎が証明して見せた。一間の距離から、大村圭二郎が全力で投げた五個のお手玉をすべて躱したのだ。圭二郎が投げる動作に入った瞬間に、才二郎は動きの先を読み切って避けることができた。驚嘆した弟子たちがそれを真似《まね》るようになったので、源太夫は稽古として用いることにしたのである。

集中力を高め、相手が次にどう動くかを見抜くことができる能力を養う意味では、実に効果的な稽古であった。しかも個人の力量や能力に応じ、距離や投げる強さを調節できる面からも、すぐれた練習法と言えるだろう。

礫《こいし》でも、栗や橡《とち》の実でもよかったが、顔面に向けて全力で投げるので、場合によっては怪我をしかねない。そこで源太夫はみつに、ハトムギを詰めたお手玉を百個、年少組にはその小振りなのを五十個、作らせたのである。

ほどなく市蔵と幸司は、ちいさなお手玉を投げて遊び始めた。もちろん遊びではあったが、負けて楽しかろうはずがない。つい、むきになってしまう。

厚めの端切れに包まれているとはいえ、乾燥させたハトムギは硬いし、それが詰まったお手玉は重みもあった。顔に当たると、相当に痛いはずである。それでも幸司はべそを掻くこともなく、ひたすら練習を繰り返した。額や頬を真っ赤にしながらも、市蔵が終わりだと言わぬ限り、自分から止めましょうとは言わないのである。

おなじ三歳差ではあっても、十八歳と十五歳とはちがって、八歳と五歳では大人と子供以上の開きがあった。三間（約五・四メートル）の間あいから、市蔵が下から掬《すく》いあげるような動作で、ゆるめに投げても幸司は避けられないことが多かったし、幸司が投げるお手玉のほとんどは、市蔵の顔に届かなかったのである。

それでは市蔵もおもしろくないので、次第に付きあわなくなった。すると幸司は、権助に投げてもらうように頼んだのである。

「年寄りには堪《こた》えますですよ、幸司若さま」

権助は鼻の頭に汗の玉を並べながら、それでも根気よく付きあうのであった。

「権助や、むりを言ってすまないね」

みつは毎夜、下男に寝酒を用意した。

それとは別に、幸司は投げる稽古も開始した。道場の板壁に人の顔くらいの円を描き、まず二間（約三・六メートル）の距離から、ひたすら的を目掛けて投げ続けた。

――よく厭きぬものだな。

源太夫は無関心を装っていたが、気にならないわけがなかった。

ところが、ある日を境に急激に的中率がよくなったのである。それと同時に、権助の投げるお手玉も躱せるようになっていた。

それが稽古の不思議なところで、今まで見えなかったものが急に見えるようになったり、まるで無意味な力の入れ方をしていたことに気付いたりするのだ。そのため、努力を続けていれば、突然のように飛躍できることがある。あくまでも、地道な努力を続けているかぎり、ではあったが。

二間から投げて、ほぼ的中するようになるのに五ヶ月掛かったが、三間からは半月しか要しなかった。

「兄上、もう一度お願いします」

「少しは腕をあげたか」

余裕をもって微笑《ほほえ》み掛けた市蔵だが、すぐに真顔になった。どこがとは言えなくとも、幸司が半年前とは別人のようになったのを感じたらしい。

そして市蔵の勘がまちがっていないことを、幸司は示したのである。といって、対等に闘えたわけではない。三間の間あいで兄の顔に全力で投げて、十数回に一度は命中させ、兄が投げるお手玉を、七、八回に一度は躱すことができたのである。顔はたちまちにして真っ赤になったが、それだけでもたいへんな進歩であった。

「目覚ましい上達だな。これでは兄も、うかうかしておれん」

余裕をみせながら、市蔵はそう言って幸司に笑い掛けた。

それを見ていた源太夫は、翌年、六歳になった幸司を年少組に入れた。市蔵より二歳早い入門であったが、市蔵は弟分が一人増えたことをすなおに喜んだ。

年少組に対しては、源太夫は基本と素振りを主にやらせた。入門した以上、だれが少しでも早く申しあいを望むが、心構えと基本ができていなければ、ある段階で止まってしまうことが多かったからだ。決まった稽古を反復することに、稽古本来の意味があると言っても過言ではない。

師匠の日向主水は、「技を磨くまえに心を磨け、心を磨くまえに床を磨け」を徹底させたが、源太夫もその重要さを痛感し、弟子たちに守らせていた。

剣の道は「礼に始まり礼に終わる」と言われるが、まさにそのとおりだと源太夫は考えている。

まず稽古着と稽古袴の着装と、終了後の畳み方、正座と坐礼、竹刀を左手に提げての立礼を徹底させた。立礼は試合相手と、神前、正面、上座では頭をさげる角度がちがう。

続いて、いつでも動き出せるための、正しい足構えである。左右の足は拳《こぶし》一つの幅で開き、左足を右足よりさげるが、右足の踵《かかと》と左足の爪先が一線にそろうのが目安であった。足構えから、まえへの送り足、うしろ、そして横への送り足、開き足、方向を変える足さばき、歩み足、継ぎ足、などがある。

左手と右手の竹刀の握り方をしっかりと教えると、構え方に移り、中段、上段、下段、八相、脇構えを覚えさせる。さらには中段の構えからまえへ、横への動き方と続く。

そしていよいよ振りである。上下振り、斜め振りの基本が身に付くと、相手がいることを想定しての素振りに入る。正面打ちと左右面打ち、一拍子の面打ち、跳躍素振り、開き足を使った素振り、面、小手、胴への空間打突、腰割素振りと、相手と打ちあうまえに覚えなければならぬことは、山のようにある。

三人とも年少組なので、源太夫は基本しかやらせないが、ハトムギのお手玉での投避稽古はだれもがやっていた。当然、市蔵も佐吉も、三歳年下の幸司も、投げ、そして避けることを繰り返し練習する。

最初のうちは、経験のある市蔵が圧倒的に優位にあったが、佐吉が、そして遅れて入門した幸司さえもが急迫してきた。それをひしひしと感じるからだろう、もともと熱心だった市蔵は、さらに稽古に打ちこむようになっていった。

道場でそうであるように、道場を離れても市蔵は兄貴分であり、お山の大将であった。かれの周囲には、常に活気と笑いが溢《あふ》れていた。

一日置きに午前中だけ通う藩校と、岩倉道場が、市蔵にとっては世界のすべてと言ってよかった。そして世界は市蔵を中心に廻っていたのである。

さらにうれしい、胸がわくわくする出来事も起きた。妹の誕生である。弥生《やよい》三月花盛り、みつが女児を出生し、季節にあやかって花《はな》と命名された。

笑い声がおおきければ泣き声も派手な、明るくて可憐《かれん》な花で、家の中が一気に華やかになった。

佐吉の母の布佐も臨月となっていたので、市蔵と幸司は佐吉と顔をあわせると、あいさつよりさきに「赤ん坊はまだか」と急かすように訊く。前回が流産だっただけに、みつは気が気でないが、そのことで子供たちに注意する訳にもいかなかった。

「佐吉《さき》っちゃん、女の子は可愛いぞ。佐吉っちゃんとこも、女の子だといいな」

「うん」と市蔵にうなずいてから、佐吉はあわてて付け加えるのであった。「元気だったら、どちらでもかまわない。男だったら剣を教えて、兄弟で剣士になるんだ」

「絶対に妹がいいって。女の子を産んでもらうよう、頼みなよ」

市蔵が繰り返すと、佐吉は真顔で答えた。

「急にそんなこと言ったって、むりだと思うけど」

「妹がいいよ。弟なんて生意気なだけだぞ」

市蔵はそう言いながら幸司を見て、にやりと笑った。

ともかく二人は、妹が可愛くてならないのである。道場の稽古が終わると、競うように妹の顔を見に来ては、やわらかな頰を指でつつき、乳くさい匂いを胸一杯に吸いこんでは満足している。花は「きゃっきゃ」と声を立てて笑い、兄たちが差し出す指を、意外なほど強い力で握って、二人を驚かせるのであった。

「赤さんは眠るのがお仕事ですから、寝かせてあげなくてはだめですよ」

みつがそれとなく注意する。

「大丈夫です。花はね、眠くなったら、周りがどんなに騒いだって、絶対に起きはしません」

幸司がそう言うと、市蔵も真顔でうなずいた。

「花は幸司よりよほど度胸がありますから」

二人だけでなく、年少組の、さらには年嵩《としかさ》の弟子たちも花を見に来た。赤ん坊が好きな者もいれば、それを口実に稽古をさぼる者もいたのだ。

源太夫が庭さきで、若鶏の味見（稽古試合）をさせるときとおなじである。軍鶏や闘鶏が好きな弟子もいれば、息抜きに観戦する者もいた。

花の誕生の十日後に佐吉に妹が生まれ、布美《ふみ》と名付けられた。修一郎は生まれるまえから、どちらであろうといいように、あらかじめ男女双方の名を決めていたらしい。

「修一郎どのは、布佐さんを大事になさっておいでですね」

「なんだ、急に」

「息子が佐吉で娘が布美。布佐さんから、一字ずつもらっているのですよ」

「わしは妻を大切にしなかったからな」

「大切にしていただいていますよ、もったいないくらい」

「先《せん》の妻を、だ」

勘ちがいに照れたのか、みつはなにも言わず、ちいさな蒲団に寝かされた花の頰にそっと指先を触れた。赤子は満面に笑みを浮かべたものの、唇をくちゅくちゅと言わせただけで、目は醒まさなかった。

修一郎が布佐を大事にするのは、ともよを思いやることをしなかった父親に対する、無意識の気持の現れだろう。

源太夫は江戸に出て役目を果たし、向こうの道場で免許皆伝も取得した。園瀬にもどれば多少はいい役に就けて、禄も増やされるかもしれないとの期待は、見事に砕かれてしまった。

また、江戸で経験を積んでも、これと言って変わりはしなかったのである。むしろ、輪を掛けて無愛想になり、話し掛ける相手がいなければ、二日でも三日でも無言を通し、しかもそれを苦とは感じない。同僚に酒に誘われても付きあわず、下城すれば真っ直ぐ組屋敷にもどり、軍鶏の小舎のまえから動こうとしなかった。

非番の日は終日、厭きもせず軍鶏を見ていた。世話は権助がするので、闘い振りに目を凝らすのである。あるいは「蹴殺し」とはべつの秘剣を、編み出そうと考えていたのかもしれない。

気まぐれに、釣竿を肩に魚籠《びく》を提げて花房川に行くこともあった。しかし、釣り糸を垂れるよりも、花茨の群生や丈の高い叢《くさむら》に囲まれた、だれにも見られることのない空地で、居合の型を繰り返すことのほうが多かったのである。

そのような日々のうちに妻のともよが病死し、源太夫と修一郎、そして下男の権助だけになると、岩倉家は静かというよりむしろ沈鬱さに満たされた。修一郎が布佐を娶ったので、さすがにそれまでのような重苦しさは解消したが、一気に明るくなる訳でもなかったのである。

源太夫が百八十度の転換を見せたのは、組屋敷を出て堀江丁に移ってからだ。みつを後添えにもらい、道場で弟子たちに教えるようになると、無口、無愛想では務まらなかった。いや、源太夫自身が、仕事上での対人関係や日常の付きあいのようには、煩《わずら》わしさを感じなくなっていたのである。

弟子たちはまさに千差万別であった。新しく年少組として入門した者のほとんどは、まったくの未経験者であったが、父兄からある程度の基本を習っている者もいた。また、通うのに便利だからと他道場から移って来た弟子もいるし、しばらく剣から離れていたが、源太夫の剣名に憧《あこが》れて入門した者もいた。

さらには、個々人の能力がある。熱心な者とそうでない者がいるし、一を聞けば十を知る勘のいいのと、繰り返し説いても呑みこめない者がいた。ただ、程度の差はあっても、弟子たちは源太夫の教えに明らかに反応を示すのである。となると自然に熱も籠もるようになり、教えがいもあった。

師匠と弟子という立場の関係もあるのだろうが、源太夫はそれまでからは考えられぬほど、自然に接するようになっていた。やがて弟子以外とも、滑らかな会話や付きあいができるようになったのである。

修一郎は親子の礼を失するようなことはなかったが、明らかに源太夫の一家には、一線を引いて接しているのが感じられた。

ここにきて親子に、そして両家に微妙な変化が出始めていたのである。

おなじ屋根の下に住まなくなったために、修一郎にはそれまでは見えなかった父親の姿が、見え始めたのかもしれない。佐吉が源太夫の弟子となって道場に通うようになったのは、丁度そのころであった。さらに、わずか十日のちがいで両家に女児が生まれたことで、一気に往来《いきき》が頻繁になった。

その日も非番の修一郎が、布美を抱いた布佐といっしょにやって来た。はしゃいでいた花と布美がようやく静かになり、表座敷に敷かれたちいさな蒲団に並んで眠っていた。それを見ながら、みつと布佐は談笑している。

　源太夫と修一郎は縁側に腰をおろして、茶を喫していた。

「佐吉をちゃんと躾《しつ》けていたので安心した。わしはおまえを、ほったらかしにしておいたのにな」

「そんなことはありませんよ。黙って見ていられるのは、あれこれ言われるよりずっと厳しいものです」

「今のわしは、われながら信じられぬほどよく喋る。あのころこうだと、さぞうるさがられたことだろう」

　修一郎はおだやかに笑い、茶を啜《すす》りながらさり気なく訊いた。

「佐吉はいかがですか」

「筋はいい」

「父上の血でしょうね」

「心配するな、武芸だけの男に育てるつもりはない」

「心配はしていませんが」

「が、気にかかることがない訳でもない、ということか」

「いえ。ときが変えていくものと、ときが経っても変わらぬものがあるのだなと」

まさに修一郎の言うとおりで、源太夫には感慨深いものがある。

ときが変えていくものもあれば、ときが経っても変わらぬこと、変えられぬこともあった。そして、これからもその繰り返しになるだろう。

三

狭間鉄之丞はもともと寡黙な男であったが、その日は単に喋らないだけでなく、どことなく屈託が感じられた。だが話すことがあればいつまでも黙ってはいまいと、源太夫のほうから訊くことはしなかった。

「毎度《まいたび》、付きあうことはないぞ」

源太夫がそう言ったのは、鉄之丞が当番の日には、同輩のだれかに交替してもらっていると知ったからである。

「はい」

そう返辞したものの、毎月の命日に丈谷寺《じょうこくじ》に立川彦蔵の墓参をする日は、雨が降ろうが風が吹こうが鉄之丞は律義に同道した。

その日も九ツ半（午後一時）の少しまえにやって来た。源太夫にみつ、そして市蔵と幸司が、庭の池に集まっていたところである。

「権助がおもしろいものを、見せてくれるそうだ」

あいさつをすると、源太夫が笑いながら言った。権助は銕之丞に目礼してから、市蔵と幸司に言った。

「ヤゴからトンボが出て来ると申したら、信じてもらえませなんだな」そう言うと、権助は、池の畔《ほとり》に生えた芦《あし》の茎《くき》を指差した。「今からその証拠をお見せいたします」

実は半月ほどまえに、権助を腐らせるようなできごとがあったのである。

「市蔵若さまに幸司若さま、おいでなさいまし、おもしろいものがおりますぞ」

権助の声に全員が庭に出たところ、下男は愉快でならぬという顔で池を指差していた。

池といっても、庭師が造った正式なものではない。

前年の秋、大雨で庭が水浸しになったことがあった。ところがしばらくのあいだ、水が退ききらないでちいさな水溜りができていたのだ。

それをじっと見ていた権助は、水が退いてしばらくすると庭を掘り返した。広さは二坪半くらいで瓢簞形をしていたが、ほぼ水溜りとおなじ範囲であった。

権助は底と側面に粘土を分厚く敷き、それが半乾きになると、木槌で念入りに突き固めた。続いて大小の岩を配し、底には一面に砂を敷き詰めたのだ。すると、とても素人の手になるとは思えぬ、味のある庭ができあがったのである。

「春になると楽しめますよ」

権助はそう言ったが、これと言って変化は見られなかった。いつの間にか、権助の放った小魚が泳いでいたり、土蛙が浮いていたりするくらいである。

如月《きさらぎ》がすぎて氷が張らなくなってほどなく、山椒魚《さんしょううお》と蛙が卵を産み付けた。ともに透明な寒天状の袋だが、山椒魚のほうは巨大な蜜柑《みかん》の房状で、丸い球が二十個前後入っており、球の中に一個ずつ黒い卵があった。蛙は長い紐のようで、やはり黒い卵が入った球が、こちらは数珠のように連なっていた。

権助があれこれと説明したが、なにしろそこにあるだけで動きもしないので、市蔵も幸司もすぐに厭きてしまった。そのうちに真ん丸だった黒い卵が、成長を始めて次第に細長くなり、オタマジャクシとなって袋から出ても、ほとんど興味を示さなかったのである。

「ごらんなさい。なにがいるか、おわかりですか」

権助が池の一部を指差したが、砂や泥、沈んだ枯葉などで、動くものはなにもない。

しゃがみこんだ権助は、細い木の枝で水底の一部を指差した。

「これですよ。ほれ、これです」

言われて二人は覗きこんだが、なにも見付けられなかった。しかたなく権助が枝で触れると、なにかがスーッと滑るように動いた。しかし動かなくなると、ただの水底である。

「よく見るのですよ。尻から水を吹き出し、その勢いでまえに進みますからね」

ちいさな枯葉のような薄いなにかが、たしかに尻から水を噴射して動いたのである。

「トンボが卵を産み付けるのを見越して、餌の小魚を飼っておいたのですよ。これはヤゴと申しまして、おおきくなったらトンボになります」

「嘘だぁ」

「嘘だろ」

市蔵と幸司が、ほとんど同時に言った。

「ヤゴです。トンボになります。権助は嘘を申しません」

権助にしてはめずらしく、意地になっている。だが、二人が信じられないのも、むりはない。薄い四枚の羽根と、丸くて細長い胴、そして大きな目玉、それがトンボである。

ところがヤゴときたら、胴体は横幅より縦がわずかに長い、しかも突起のある歪《いびつ》な楕円形で、紙のように薄い。そして六本の脚は、細くて長く、短い脚が胸に集まっているトンボとは、似ても似つかないのだ。

権助にすれば、嘘だと言われた屈辱《くつじょく》を雪《そそ》ぐときが来たのである。勢いこんで言った。

「さあ、ご覧なさい」

真っ直ぐに伸びた芦の茎の、水面から一尺五寸（約四十五センチメートル）ほどの所に、ヤゴがしがみ付いていた。

「あのときより、ずっとおおきい」

幸司の言ったとおり、胴体の径が一寸（約三センチメートル）くらいもあるヤゴは、微動もしなかった。すでに羽化の準備段階に、入っていたのである。

全員が見守る中でヤゴは動かない。死んでいるのではないのか、とか、本当にトンボになるのとか、再び疑惑が湧きあがったときである。突然、ヤゴの背中が割れたと思うと、やや白味を帯びた半透明の、いかにもやわらかそうなものが出てきた。出てくるなり、背後に弓なりに反り返ったが、するとさがってゆく頭部の重さのためか、下半身、つまり胴体部分が滑らかに出てきたのである。

出てきたばかりの脱殻《ぬけがら》を攀《よ》じ登り、茎を伝って、背中に縮こまった羽根以外はどこから見てもトンボであるそいつは、茎から葉に移って少しの所で静止した。

「今は色がありませんが、段々とトンボの色に、おおきさからすればムギワラかシオカラでしょうが、その色になってまいります。それから気を付けてもらわにゃなりませんが、羽根が伸び切るまでは触ってはだめですぞ。形が変になったまま固まって、飛べなくなることがありますからな」

ほとんど息を詰めたようにして見守っていると、体液が送りこまれるのだろう、縮こまっていた羽根がわずかずつだが着実に伸びて、やがて本来の形になった。羽根はやわらかそうで、きらきらと光を放っている。そのころになると、炙《あぶ》り出しの絵のように、次第に模様と色が濃くなって、権助の言ったとおりムギワラトンボになったのである。

「水の中では、枯葉みたいでしたが、水から出るとご覧のように、見事なトンボになりました。下手な手妻《てづま》師などは、とてもかなやしません」

「そろそろ行くとするか」

源太夫に言われ、子供のようにトンボの羽化に見入っていた鋏之丞は、バツの悪そうな顔になった。

番所で番人に用向きを伝え、花房川に架けられた高橋を渡るまで、二人は言葉をかわさなかった。

橋を渡って左に折れ、街道を東へ般若峠《はんにゃとうげ》に向かうが、相変わらず銕之丞は黙したままである。話すことがあるのに、どこから話せばいいのかわからずに迷っているのだろう、と源太夫は思った。

途中で南に道を取ると、その先は蛇ヶ谷の細長い盆地となり、右手の斜面に丈谷寺が見えて来る。

銕之丞が黙ったままなので、遂に源太夫は口を切った。

「民恵《たみえ》どのとなにかあったのか」

「いえ」

銕之丞とおなじ槍組の民恵は、父母が相次《あいつ》いで病死したため、縁あって蛇ヶ谷の世話役である百姓、作蔵の養女になっていた。敷地内に巨大な赤松が植わっていることから、松本の屋号で呼ばれる裕福な農家である。

二人は六年振りに丈谷寺で再会し、それが縁で結ばれたという経緯《いきさつ》があった。夫婦喧嘩をし、民恵がかつての養父母のもとに逃げ帰っているとすれば、鋏之丞は気が重くもなるだろう、と源太夫は思ったのである。だが思いすごしであったようだ。

しばらく歩いてから、鋏之丞がつぶやくように言った。

「わたしは、出すぎたまねをしたのかもしれません」

思わず歩を止めた源太夫は、まじまじと鋏之丞を見た。弟子の沈黙の理由に、突然、思い至ったのである。

「まさか、市蔵が」

「その、まさか、ということになります」

――そうだったのか。変化に気付いていない訳ではなかったが、そこまで市蔵は追い詰められていたのか。

であれば、鋏之丞が逡巡《しゅんじゅん》するのもむりはなかった。墓参のあとで聞かせてもらおうと言って、源太夫は歩き始めた。

稲の収穫を終えた田は水を落とされ、あちこちで農夫や農婦が耕し、あるいは種を播《ま》いていた。麦や菜種を裏作とし、翌年の稲作まで田を遊ばせないのである。それでも痩せぬほど、このあたりの土地は豊饒《ほうじょう》であった。

田によっては一面に蓮華草《れんげそう》を育て、春に赤紫の花が咲くと鋤《す》きこんでしまう。マメ科の蓮華草は根にたっぷりと養分を貯めているので、なによりの肥《こや》しとなり、たわわに稔《みの》った稲穂は格段に味のよい米となった。

脱穀を終えた稲束を山のように積んだ荷車を、牛がゆっくりとした、だが確実な足取りで牽《ひ》いて行く。

あちらこちらで、籾殻《もみがら》を焼く薄青い煙が真っ直ぐに立ち昇り、ある高さに達すると棚引いていた。

市蔵から明るさが消えたのは、つい数日前からである。源太夫とほぼ同時に、みつも気付いていた。

基本を教えた段階だが、父親の修一郎を説得して入門しただけあって、佐吉の上達には目覚ましいものがあった。稽古熱心なだけでなく、素質にも恵まれていたのだろう。

それよりも、市蔵が焦りを抱いたのは幸司に対してであったようだ。三歳下でありながら、佐吉以上の急迫を見せていたのである。

そして遂に、幸司は市蔵から面一本を取った。小細工をしたとか、市蔵が油断した一瞬の隙を衝《つ》いたというのではない。もちろん、どのような事情であろうと勝ちは勝ちなのだが、幸司の完勝であった。正面から堂々と挑んだ弟の、鋭さと気迫が勝ったのである。

「見事にやられた。では、もう一番」

その後は、三本立て続けに市蔵が取って面目を施した。周りの者は、先の一本はまぐれで、市蔵の油断負け、でなければ弟に花を持たせてやったのだと見たようだ。

だが、そうでないことを知る者が、少なくとも三人はいた。源太夫、幸司、そして市蔵本人である。

市蔵の、はしゃいだり沈んだりの、起伏の激しさが目に付くようになったのはそれからであった。なにかの拍子に目があうと、ふと逸らすようになったが、そのような不自然さは、それまでになかったことである。

立川彦蔵が妻と上役の密会の現場に乗りこみ、二人を斬り捨てて姿を晦《くら》ました。それが藩主の逆鱗《げきりん》に触れ、岩倉源太夫に上意討ちの命がくだった。壮絶な闘いの末に、源太夫は彦蔵を倒すことができたが、三歳の市蔵が孤児として残されたのである。源太夫はみつと相談して、市蔵を引き取った。

市蔵が親だと思いこんでいた源太夫は、実際には育ての親であった。それだけでも衝撃なのに、その育ての親が、上意討ちとはいえ実の親を殺した敵《かたき》なのだ。

鋏之丞が言い淀んでいたのは、市蔵がまさにその事実を知ったからにちがいない。

本人がそれを知る日が来るのは、火を見るよりも明らかであり、すべての前提であった。養子にしたとき、源太夫とみつは覚悟の上でその荷を背負ったのである。

もっともその時点よりも、問題はずっと複雑になっていた。

嫁いで八年、子供が産めなかったために離縁されたのを承知で、源太夫はみつを後添えとした。そして、孤児となった市蔵を養子として引き取った。よもや幸司が、さらには花が生まれるなど、だれが予想しただろう。

源太夫とみつはそれが宿命だと、天からの授かりものだと信じて、市蔵をかれらの子とした。市蔵が授かりものなら、幸司も花も授かりものである。養子と実子には関係ない。三人を分け隔《へだ》てなく育ててきたことに関しては、胸を張ることができる。そしてこれからも、分け隔てなく育てていくことに変わりはない。

――決して、逃げない。

と腹を括《くく》ったのだ。それは、

――断じて、ごまかさない。

ということであった。

そのためにはおおきな代償を払わねばならないのは、十分にわかっていた。お互いが深い傷を負い、血を流さねばならぬことを、である。いや、三人にかぎらない。このあとは幸司も花も、おなじ思いを味わわねばならないのだ。

だが、事情がどうであろうと、市蔵の傷はずっと深く、流さねばならぬ血は何層倍も多いはずである。しかも市蔵は、たった一人でそれに耐えねばならないのだ。

源太夫はみつと二人で荷を背負うが、市蔵は一人きりで受け止めねばならない。その苦悩は、二人の味わう苦しみの比ではないはずだ。

市蔵は、そして源太夫とみつは、おのおのが、そして三人でそれに立ち向かい、解決してゆくしか方法はないのである。

立川彦蔵の墓に参り、徹宗《てっしゅう》和尚に経を上げてもらうと、茶を一杯だけよばれて辞した。源太夫との談笑を楽しみにしていたらしく、住持《じゅうじ》は残念そうであった。

帰路、松本にもあいさつに寄った。作蔵と女房は、鋏之丞と民恵の息子、つまりかれらにとっては孫にも等しい子供の話を聞きたがったが、今日は用があるので、近いうちに三人で寄せてもらうからと、なんとか納得してもらった。

女房は源太夫と鋏之丞に、それぞれ籠一杯の柿を土産に持たせた。

四

蛇ヶ谷の細長い盆地を北に進んで街道にぶつかると、往路とは逆に、花房川に沿って西に進む。

風の通り道があるらしく、揚羽蝶《あげはちょう》がほとんど羽ばたくことなく流されてゆく。春、夏、秋の三度羽化する種類だが、鱗粉《りんぷん》が剥《は》がれて模様の色が薄くなり、後翅《こうし》の一部が千切れて哀れであった。

高橋の下流で右に折れ、花房川へのゆるやかな細道をおりて行くと、道の両側は葛《くず》の葉に被われていた。初秋には房状の赤紫の花をつけるが、花の季節はすでに終わり、蔓《つる》の茎と地上をびっしりと被う緑濃い葉ばかりである。

水辺近くに手頃な岩があったので、腰掛けることにした。目のまえが花房川の流れで、水が澄み切っているため、水底の砂の粒までもがくっきりと見えていた。

わずか上流に、流れにせり出した河岸段丘がある。真竹《まだけ》が群生しているが、秋の出水で段丘の下部の土が洗い流されたらしく、曲がりくねった黄褐色の根ブチ（地下茎）が、水中で複雑に絡まりあっていた。いい隠れ処《が》になるからだろう、地下茎の向こうに鮒や鯉が群れているのが垣間《かいま》見えた。

燦々《さんさん》と降り注ぐ陽光に照らされて、砂が眩しく輝いている。水の流れ来る方向に頭を向けた鮠《はや》の群れが、水底に濃い影を落としていた。群れが揺れると、同時に影も揺れる。

初夏に水田で孵化《ふか》し、一寸ばかりに成長した小鮒が、秋になって盆地の用水から川に棲み処を移していた。岩場近くで巨大な塊となって群れ泳いでいたが、一斉に向きを変えるので、瞬時に色が変わるのであった。背中を見せているときは濃い色で、腹を見せると白い鱗《うろこ》が輝いて見えた。

川底の砂が数えられるほど水は澄んでいたが、負けずに大空も空気も澄み切っていた。近くの山は緑が濃く、遠くなるにつれて青味が増してやがて紺色となり、屏風のような西の連山は藍から薄紫に霞《かす》んで見えた。

夏場は山にいた百舌《もず》が、秋を迎えて里に下りて来たのだろう、キーッと鋭く空気を引き裂いて啼《な》いた。その声にうながされたように、銕之丞が重い口を開いた。

「二日まえになりますが、城を下がって道場に向かおうと橋を渡りますと、調練の広場に掛かる所に、市蔵どのが待ち受けておりまして」

思い詰めたような顔で、お訊きしたいことがあります、と言ったのである。

鋏之丞が目顔で道場のほうを示すと、市蔵はかすかに首を振った。どうやら人に聞かれたくないことのようなので、自分の組屋敷に連れて行った。

もどる時間でなく、しかも市蔵がいっしょだということで察したのだろう、民恵は茶を出すと、一刻ほど用を足しに出ますと断り、眠った子を抱いて屋敷を出た。

訊きたいことがあると言いながら、正座したまま、市蔵は切り出せないでいた。障子が開けられていたので、菜園と化した狭い庭が見える。秋になっても咲き残っている胡瓜《きゅうり》の黄色い花の周りを、黄蝶が頼りなげに飛んでいた。

鋏之丞は急かせることなく、市蔵が口を開くのを待っていた。訊きたいことの見当は付いているが、問題は市蔵がどこまで知っているかで、かれとしても迂闊《うかつ》なことは言えなかったのである。

話はかなりこみいっているため、そのすべてを市蔵が知っているとは思えない。いや、鋏之丞自身も細部まで知悉《ちしつ》している訳ではなかった。

「立川彦蔵、つまりわたしの実の父だそうですが、その上意討ちに、育ての親……、とごいっしょされたと聞きました。そのときのことを、話していただけないでしょうか」

市蔵が考えていたよりも冷静であったので安心はしたが、その口調からして、源太夫から聞かされたのではないだろう。銕之丞が源太夫とともに赴《おもむ》いたことを知っているということは、なにも知らぬ市蔵に同情したか、でなければかれや源太夫一家を好《よ》いからず思っているだれかに、事実を告げられたということになる。後者の可能性が高そうであった。

寝耳に水の市蔵にとって、とてもではないが信じられる話ではない。否定したかれに、相手は好意からか悪意からかはともかく、狭間銕之丞に訊けばわかる、と言ったのではないだろうか、とかれは推測した。

「打ち明けたのはわたしが最初のようだな」

「はい。だれにでも話せることではありませんから」

たしかに市蔵の言うとおりである。いささか無神経であったと反省すると同時に、恐らくは大変な煩悶《はんもん》を経たであろうが、市蔵が腹を据えていることがわかり、ある意味で銕之丞は安堵した。

であれば、市蔵の問いにちゃんと答えねばならない。銕之丞は腹を括った。

「そのときが来れば話すつもりでいたが、問われたとなれば、黙ってもいられまい。市蔵よ、おまえはわたしの甥《おい》なのだ」

「えッ」

「驚くのもむりはない。おまえはわたしの甥で、わたしはおまえの叔父である」

「叔父、さん、です、か」

「そうだ、叔父だ。立川彦蔵どのの妻となった夏江《なつえ》、つまりおまえの実の母は、わたしの姉なのだ」

「……！」

「今の母、みつどのは育ての親である。市蔵が先生のお子となったので、本日まで名乗る訳にいかなんだのだよ。おまえが事実を知ることになれば、叔父だと名乗るつもりでいたが、その日の来ぬほうが、おまえは幸せだろう。だから、わたしは黙っていようと思っていた」

「そうでしたか」

「市蔵よ、心を鎮めてよく聞くのだぞ」

　銕之丞の目をじっと見詰めていた市蔵は、息を吐き出すと、おおきくうなずいた。

銕之丞もまた、詰めていた息を吐き出した。

　武具方の立川彦蔵はみつを娶ったが、八年経っても子供が生まれなかったので、上役である武具番頭、本町宗一郎《ほんまちそういちろう》の強引な勧めを断り切れず、みつを離縁して夏江を妻とした。夏江は懐妊して男児を出生したが、それが市蔵である。

一方のみつは、彦蔵と別れた二年後、岩倉源太夫の後添えとなり、その翌年に生まれたのが幸司であった。

市蔵が三歳になった年、彦蔵が上役の本町と夏江を殺害して行方を晦ませた。それが藩主の怒りに触れ、源太夫に上意討ちの命がくだったのである。源太夫にすれば、彦蔵は後妻となったみつの前夫なので固辞したのだが、かれ以外に彦蔵を討てる者はいないとの藩主の厳命で、従わねばならなかったという経緯がある。

彦蔵を尊敬していた鋏之丞だが、姉を斬り殺した相手だということで、源太夫と行をともにすることになった。

「だが、わたしは二人の闘いを見ていないのだ」

「いっしょに向かわれたのに、ですか」

たった一人の姉の敵《かたき》ゆえ、敵《かな》わぬまでもせめて一太刀なりと、と鯉口を切ろうとした鋏之丞は、源太夫に当て身を喰らわされて気を喪《うしな》っていた。

場所は園瀬藩の西に屏風のように連なる山々の、その麓《ふもと》にある雁金《かりがね》村であった。谷間に張り出した高台に建てられた富尊《ふそん》寺は、正面と左右が急な石垣という、まるで砦のような造りである。山門から石段をおりて左に折れ、雑木林の中の道を十町（約一・一キロメートル）ほど歩いた、いくらか広い平地が対決の場であった。

ただならぬ気配で姿を消した彦蔵と源太夫、それに続いた銕之丞がもどらないのを不審に思った村人たちが、雑木林の中で、満身創痍《そうい》の二人と、意識をとりもどしたばかりの銕之丞を見付けた。

二人が壮絶な死闘を繰り広げたことは、ひと目見ただけで歴然としていた。ともに着たものはずたずたに切り裂かれ、数え切れぬほどの切り傷から血を流していた。しかも彦蔵は冷たい骸《むくろ》となり、源太夫は歩くのさえままならなかったのである。

源太夫は、金瘡《きんそう》に対する権助の適切な処置と、みつの付きっきりの介護のおかげで、三日三晩の昏睡《こんすい》状態ののち意識を取りもどした。その後、体の鍛え方がちがっていたこともあるのだろうが、だれもが驚くほど短期間で快復したのである。

孤児《みなしご》になった市蔵は、おなじ組屋敷の者が預かって面倒を見ていた。昏睡から目覚めた源太夫が最初にしたのは、みつと相談して、孤児となった市蔵を養子としたことである。

「二人は死力を尽くして、正々堂々と立ちあったのだ。ともに相手を認め、互いに尊敬しあっていた。実に男として立派であった。市蔵よ、おまえはいい親を二人も持てて、幸せ者だな」

両の目に涙を浮かべた市蔵は、唇を細かく痙攣させながら、必死になって堪《こら》えていた。

「おまえの父は、……父は二人いるので、ここでは名前で呼ばせてもらおう」

鋏之丞はそう言うと、視線を菜園となった庭に移した。市蔵の頬を涙が一筋流れたからだ。あとは堰《せき》を切ったように、止めどもなく流れることだろう。存分に泣かせてやろうと思ったのである。

「今はわからなくても、追い追いわかるようになるだろうから、ともかく聞いてもらうとしよう。彦蔵どのは男として許すことができず、上役の本町宗一郎を叩き斬った。源太夫どのは殿の命令に従い、止むを得ず彦蔵どのと闘って、傷だらけになりながら倒すことができたのだ。そのことさえなければ、二人は相手を敬《うやま》いながら、生涯を親しい友としてすごすことができたはずだ。だからこそ、源太夫どのは市蔵を、おまえを自分の子として引き取って、育ててくれたのだ。おまえが親の敵だと知れば、命をねらわれる日が来るかもしれんのにな」

遂に堪え切れなくなったのだろう、市蔵は繰り返ししゃくり上げた。なんとかして鎮めようとするのだが、さらに強い嗚咽《おえつ》を洩らすので、収まるには長い時間が必要であった。

止みそうになったと思うと、次の波に見舞われる。しかしそれもやがて終息した。

「市蔵の二人の父親のことをよく知りもしない者が、あれこれと言って、おまえを惑わせたり、煽《あお》り立てたりしようとするかもしれない。そのときには、このことを思い出してほしいのだ」

鋏之丞はそこで言葉を切り、市蔵の心構えができるのを待ってから、ゆっくりと語り掛けた。

「彦蔵どのの墓は蛇ヶ谷の丈谷寺にあるが、源太夫どのは毎月、命日にはかならず墓参しておられる。これまでに休んだのは、病気のとき、それも一度かぎりでな」

実際は病気ではなく、鋏之丞と民恵を二人きりで逢わせるための仮病であった。

「わたしも毎回、お伴させてもらっている。気持の整理がついて墓に参る気になったら、連れて行ってやってもいい。もっとも、おまえも九歳になったのだから、一人でも行けそうだな」

思いがけないことばかりで混乱しているだろうが、決して思い詰めたり、一人で悩むようなことはしてくれるな。困ったときには、どんなことでもいいから相談してもらいたい、なぜなら二人は叔父と甥の仲なのだから、と鋏之丞は念を押した。

どこまで理解したかはわからないが、市蔵は礼を述べて帰って行った。

そう言って、鋏之丞は話を終えた。

馬の嘶《いなな》きが聞こえたので目を上げると、対岸の大堤を、野駆けの帰りであろうか、武士を乗せた馬がゆっくりと歩んでいた。尻を端折った馬の口取りや槍持ちが、その後に従っていた。

汗の臭いに寄って来た虻《あぶ》を追い払うためだろう、馬は間歇《かんけつ》的に尻尾を左右におおきく振っていた。

「わしには、とても銕之丞のようには冷静に話せなんだと思うし、市蔵もすなおには聞けなかったのではなかろうか」

「それはともかくとして、市蔵どのにとってはまさに青天の霹靂《へきれき》だったでしょうから、簡単には立ち直れないかもしれません。悶々《もんもん》と苦しまねばならぬでしょうが、結局は自分で解決するしかないですからね。できるかぎりのことはしてやるつもりですが、わたしにできることはかぎられています」

「それが二日まえだったのか。昨日そして今日と、それほど変わったところは見られぬが、気取られぬよう、懸命に振る舞っておるのであろうな」

「わたしたちが考えている以上に、しっかりしているのかもしれません。今回のことは、弟子のだれかからほのめかされたらしいのですが、その名は明かしませんでしたから」

あとでだれかが、特に源太夫が知れば、その人物を厳しく詰問するにちがいない、と市蔵はそのように考えたのかもしれない。

「となると、すべてを自分一人で抱えこんでしまうこともあろう」

「そっと見守ってやることが大事ですね。わたしはなるべく早く、民恵とともにお礼がてら子供の顔を見せに松本に行って来ます。そのおり、丈谷寺の徹宗和尚に、それとなく市蔵のことを頼んでおきましょう」

「和尚には、わしからもよろしくと言っておいてくれ。それから松本には、くれぐれも柿のお礼を、な」

源太夫が袴の太腿《ふともも》を叩いて立ちあがると、水中で小魚がぱっと散った。

五

表立っては、市蔵に変化は感じられなかった。いくらか怒りっぽかったり、急に塞《ふさ》ぎこんだりはしても、普段もその程度のことはあるので、周りも気にはしていない。

市蔵は銕之丞から聞いたことを繰り返し反芻《はんすう》し、なんとか自分を納得させようとしているのかもしれなかった。もっとも、銕之丞はすべてを打ち明けた訳ではない。なぜならかれ自身、なにからなにまで知っている訳ではなかったからだ。

武具番頭の本町宗一郎は百石取りだが、名うての女誑《たら》しであった。水商売や青楼の女だけでなく、素人女ともなにかと噂が絶えることがなかったのである。鋏之丞の姉夏江は、そんな本町の毒牙に掛かったと言っても過言ではない。

二人が深い仲になったころ、本町は二百二十石取り飯岡《いいおか》家の三女との縁談がまとまりそうになった。困った本町は、夏江を部下の立川彦蔵に押し付けたのである。

彦蔵の妻のみつは、嫁して八年になるのに子を生《な》していなかった。本町は石女《うまずめ》など離縁し、跡取りの産める娘を嫁にしろと迫ったのである。

彦蔵はみつを離縁して夏江を娶り、夏江はすぐに懐妊した。そしてまるまるとした男児を出生したが、それが市蔵である。「八月《や》やのに、こなにおおきゅうて」と、産婆はつぶやいたが、事情を見通していたということだろう。

実は本町の子だが、武家には跡取りが必要だからと、彦蔵は黙って受け容れたのであった。

雁金村での対決のまえに、源太夫と彦蔵はおだやかに語りあう短い時間を持った。そのとき、彦蔵がふと洩らしたので、源太夫は市蔵が本町の子だと知ったのである。

本町が結婚した相手はまるで魅力に欠け、しかも家の格のちがいを鼻に掛ける権高《けんだか》な女であった。それもあって、夏江が市蔵を産んで三ヶ月もせぬうちに、かれらは縒《よ》りをもどしていた。

同僚にそれを指摘されたが、放置しては物笑いの種となる。そこで彦蔵は止むを得ず、出合茶屋で抱きあっているところに乗りこみ、二人を叩き斬ったのであった。

上役と妻を斬った彦蔵はその場で腹を召す覚悟でいたが、姿を晦ませると上意討ちがかかるのはわかっている。となると、討手は岩倉源太夫しかいないだろうと推測したのだ。源太夫であれば相手にとって不足はなく、ぜひとも対決してみたい。負けても納得がいくし、勝てればそのあとで腹を断っても遅くはないと、心に決めたのだろう。

彦蔵に離縁されたみつが源太夫の後添いとなり、ほどなく市蔵を引き取って養子としたのだから、なんとも皮肉な巡り合わせと言うしかない。

市蔵は次第に、ぼんやりしていることや、思い詰めたような表情を見せることが多くなった。そのうちに、時々、姿を消すようになったが、独りになりたいのだろうと考え、源太夫は黙っていた。

「そのままにしておいて、よろしいのでしょうか」

たまりかねたようにみつが言った。市蔵に問われて銕之丞が話したことは、みつには知らせてある。それなりに覚悟はしていたはずだが、さすがに驚きは隠せなかったようだ。以来、それまでと変わりなく振る舞ってはいても、みつが苦慮していることは、源太夫にもわかっていた。

「ああ、気にするほどのことでもない」

「叱ってもらいたいのかもしれませんよ。それなのに、ほうっておかれたら、やはり自分は実の子ではないから、と」

「案ずるな。市蔵はわしらが感じているよりも大人だ」

市蔵が錬之丞に打ち明けて、まだそれほど経っていないのである。源太夫がそれについて話せば、錬之丞が告げ口したとは思わないとしても、今まで黙っていたのに、なぜ急にと却って不自然に感じるかもしれない。

「武蔵がいっしょだから大丈夫だ」

拾ってきたときにはよちよち歩きの仔犬であったが、半年をすぎた今では、武蔵は随分と成長していた。と言っても成犬にはまだ間があるようで、人で言えば声変わりのころだろうか。

熱の入らぬ稽古をしていると思っていると、いつの間にか市蔵の姿が消えている。居なくなる時間が次第に早く、居ない時間が長くなっていった。

犬といっしょに大堤を歩いていたとか、水を蹴散らしながら花房川の浅瀬を渡っていたとか、並木の馬場を犬と走っていたとか、わざわざ報せてくれる者もいたし、なにかの話の中で出ることもあった。

年少組だけでなく、弟子たちがさすがに変だと思い始めたある日、夕刻になっても市蔵は帰らなかった。

「市蔵がもどりません」

源太夫が軍鶏の小舎を見廻っていると、顔を強張らせたみつが傍に来てそう囁《ささや》いた。

「うむ」

「武蔵が繋がれたままなのです」

それには源太夫も気付いていた。

「よろしゅうございますか」

声の主は権助であった。周りに人はいなかったが、下男は声をひそめて言った。

「どうか、心当たりに訊ねたりなさらず、騒がずに、いつもどおりになさっていてください」

真意が汲み取れず、源太夫とみつは顔を見あわせた。

「明日は、軍鶏の餌と小舎の掃除などをすませたら、夕方まで時間をいただきたいのですが」

——以前にもおなじようなことがあったな。

あの日、鼻の頭に汗を掻いた権助は夕刻にもどると、頭陀袋《ずだ》から蜜柑を取り出したのであった。つわりに苦しむみつのために、お百姓が籾殻《もみがら》の奥の奥に秘蔵していたのを、売ってもらったのである。

子供ができぬのを理由に離縁されたと聞いていた源太夫は、みつが懐妊するなどと考えもしなかったが、権助は冷静に見極めて蜜柑を買って来たのであった。市蔵に関しても、権助にはそれなりの目算があるのかもしれない。

「かまわぬが、なにか当てがあるのか」

「勘としか申せませんですが」

曖昧に言葉を濁すと、権助はみつに握り飯を三人前、できれば五ツ半（午前九時）、遅くとも四ツ（十時）までに用意してもらいたいと頼んだ。

そのとき武蔵が鳴き声をあげた。吠えたのではなく、まるで遠吠えでもするような、長く引き延ばした鳴き方であった。

「連れて行ってもらえなかったので、寂しいのですね」

みつの言葉に、権助は複雑な笑いを浮かべた。

「犬は人の友だ、などと申しますが、所詮《しょせん》は家来でしかありえません」

どことなく含みのある言い方であったが、それにはみつや源太夫の知らない理由があった。

市蔵の苦悩に関係なく、武蔵は甘え、じゃれついた。武蔵は常に市蔵にだけ顔を向け、かれに声をかけてもらい、いっしょに野山を駆けたいのである。

そんな武蔵の態度が、まるで媚《こび》を売っているようで、急に腹立たしくなったのかもしれない。追い払ってもまとわり続ける武蔵を、よほど腹の虫の居所が悪かったのだろう、市蔵は蹴飛ばしてしまった。

武蔵は一瞬、信じられぬという顔をしたものの、逃げはしないで、中途半端に垂らした尻尾を、ためらいがちに左右に振っていた。

「市蔵若さま、そんな可哀想なことをなさってはいけません。自分より弱い者をいじめるなど、男のすることではありませんよ」

権助に注意された市蔵は、ぷいと横を向くと、ゆっくりと歩き出し、やがて駆け出して門から消えた。あとを追おうとした武蔵を、権助は間一髪で摑まえることができた。

あるいは市蔵は、道場にも母屋にも、いや庭にさえ、自分の居場所はないと、突然に、強烈な孤独感に襲われたのかもしれない。自分の気持を忖度《そんたく》することなく、ひたすら尻尾をふりながらじゃれつく武蔵は、市蔵がなんとか直視するのを避けようとしていた心の闇を、白日のもとに曝《さら》してしまったのかもしれなかった。

銕之丞が市蔵に事実を打ち明けたことを知らない権助は、知らないなりに、かれの悩みの原因に気付いたのだろう。市蔵が、自分が源太夫とみつの実の子ではないという事実を、なんらかの理由で知ってしまったことを。

そして今日、市蔵は武蔵を連れずに姿を消したのである。

権助は懸命に、これまでの経緯《いきさつ》のあれこれを思い出し、市蔵が残した言葉や行動の切れ端を繫ぎ合わせ、答を出したのだと思われる。

となれば源太夫とみつは、忠実な下男に委《ゆだ》ねるしか手はないのである。

その夜、みつは輾転反側《てんてんはんそく》して、一睡もできなかったようであった。それを知っているということは、源太夫も不眠の一夜をすごしたということにほかならない。

源太夫が早めに起きて庭に出ると、権助はすでに軍鶏の餌作りを始めていた。

「おはようございます。眠れましたか、大旦那さま」

「おまえはどうなのだ、権助」

「こういうときに年寄りは楽です。すぐ寝付けますからな」

みつが普段より早くご飯を炊き、握り飯をこしらえたので、権助は予定より早い五ツ（八時）には出立した。

「武蔵は連れて行かないのか。犬は鼻がいいので、あとに付いて行くだけですむから、楽だと思うが」

源太夫がそう言うと、権助は笑いながら首を振った。

「市蔵若さまが真っ直ぐに向かっていれば、問題はありませんが、あちこちに寄り道をしておりますと、武蔵は正直にその跡をたどるでしょう。散々引き廻されては、年寄りは疲れてしまいます」

「権助に任せるのが一番ですよ」

みつにそう言われて源太夫はうなずいた。

「では、頼んだぞ」

「頼みましたよ、権助」

「行って参ります」

下男は頭をさげると、たしかな足取りで真っ直ぐに東に向かった。

六

鋏之丞が民恵に市蔵のことを打ち明けたのは、源太夫と丈谷寺に立川彦蔵の墓参に行った日の夜である。

二日まえに市蔵を組屋敷に連れ帰り、問われるままに知っている事実を話したが、それについて民恵は、自分からは聞こうとはしなかった。そのときが来れば当然、鋏之丞が話してくれると信じているのだ。となると、いつまでも黙っている訳にゆかない。

墓参の日はたいてい帰りは夕刻になるので、道場には寄らず真っ直ぐに組屋敷にもどる。その日は、源太夫に市蔵とのことを打ち明けたので、すっかり暗くなっていた。

「お帰りなさいまし」受け取った大小を刀架けに置きながら、「お風呂の用意はできておりますが、先に夕餉《ゆうげ》になさいますか」

民恵がそう訊いたのは、いつもより腹を空かしていると考えたからだろう。

「汗を流すとしよう。彦太郎《ひこたろう》は寝たのか」

長男の彦太郎は、民恵の父彦十《ひこじゅう》から一字をもらって名付けた。二歳の可愛い盛りであった。

「さっきまで起きていましたけど」

「松本にあいさつに寄ったら、彦太郎の話を聞きたがっていた。近いうちに顔を見せに行こう。柿の礼もあるからな」

湯を浴びながら、市蔵のことはやはり話しておこうと、銕之丞は心を決めた。あとになって知らされるのは民恵としても悲しいだろうし、万が一にも口外する心配はなかったからだ。

食事をすませて茶を喫《の》みながら、銕之丞は市蔵に問われて答え、さらにそれを源太夫に打ち明けたことを妻に語った。

市蔵が姉夏江の子で、かれにとっては甥に当たることを話すには、彦蔵のもとに嫁《とつ》いで市蔵を儲けてからも、上役とのわりない仲が続いたことを打ち明けなければならない。

おなじ槍組の組屋敷ではあったが、十歳で松本の作蔵に引き取られた民恵は、そのことを知らないはずである。銕之丞といっしょになって組屋敷に住むようになって、口さがないだれかが教えたかもしれないと思ったが、それもなかったようだ。

姉の問題は、銕之丞としては辛いことではあっても、明確にしておかなければ話は進まなかった。

民恵はさすがに驚いたようであったが、途中から顔を輝かし始めたのである。

話し終えて、銕之丞がふしぎそうな顔で訊いた。

「なんだかうれしそうだな」

「だって、市蔵どのが銕之丞さんにとって甥なら、わたしにとっても甥になりますもの」

十歳で両親に相次いで病死された民恵には、兄弟姉妹がいなかった。そのため引き取られた松本では、作蔵夫婦の子を実の弟妹のように可愛がり、面倒を見たのである。銕之丞に嫁いでからも松本とは親戚付きあいを続け、作蔵夫婦を親のように慕《した》っていた。

民恵の両親が死んだおり、引き取ってくれる親類はいなかった。冷たいという訳ではなく、どの家にもそれだけの余裕がなかったのである。

銕之丞の母は、楽しみにしていた孫の顔を見ることもなく、他界してしまった。家族の縁が薄い民恵にとって、甥ができたことはたまらなくうれしいことだったのだろう。

「そのときが来れば民《たみ》さんには紹介するが、今は先生のお子だからな」

「でも鋏之丞さんは、叔父だと名乗ったのでしょう。でしたら、義理ではあってもわたしは叔母ですもの」

丈谷寺の徹宗和尚や蛇ヶ谷集落の人たちが、民さんと呼んでいたので、二人だけのときには鋏之丞もそう呼ぶ。民恵も幼いころのように、かれを鋏之丞さんと呼んでいた。

「市蔵どのをここに招いて、いっしょにご飯をいただきましょう。贅沢《ぜいたく》はできませんが、腕を揮いますから」

「家《うち》で食べるとなると、市蔵は先生の奥方、みつどのにその旨断らねばならない」

「かまわないのではないですか、事実を伝えるだけですから」

「いいか、民さん。市蔵は決死の思いでわたしに、父親の死について訊きに来た。そのことは二人だけの秘密なのだ。どんなにか辛かったことか。先生に打ち明けたと知ったただけでも、市蔵は裏切られたと思うだろう」

「ですが、鋏之丞さんは叔父だと名乗ったのでしょう。市蔵どのをここに呼んで、こう言えばいいのではないでしょうか。わたしが叔父だから、この人は叔母になる。その気になったら、いつでも遊びに来るといい。だが、このことは三人だけの秘密だよって、そう言えばなんの問題もないと思いますけど」

理屈ではそうだが、ことはそれほど単純ではない。市蔵の立場は極めて微妙であった。

岩倉源太夫が孤児となった市蔵を引き取ったことで、弟子たちは師匠である源太夫に感服していた。その後、実子の幸司が生まれたが、まったく平等に接している。そのため弟子たちは、源太夫に対する尊敬をますます深めていた。

ただし、全員がそうではない。ごく一部ではあるが、好意を抱いていない者もいる。

先の政変は、筆頭家老稲川八郎兵衛とその一派が藩をわが物としていたため、藩主の腹違いの兄九頭目一亀、側用人の的場彦之丞、当時の中老新野平左衛門、目付だった芦原弥一郎らが中心となって、藩政を正したものである。そのおり、源太夫は稲川の放った刺客を倒し、新野の密書を江戸の側用人に届け、政変を成功に導いた。

岩倉道場に通う弟子の中には、稲川派の縁者や関係者もいる。市蔵の実の親を殺したのが育ての親だと教えたのも、おそらくそのような者の一人だと思われた。

いずれにせよ、ほとんどの者はこれまでとおなじように市蔵に接するはずである。

だが問題は、本人が知ってしまったということであった。だれもが知っていながら、素知らぬ顔で自分や家族に接している。それを市蔵は、単純に好意とは思えないかもしれない。そして、中には悪意を抱いている者もいるのだ。

九歳の少年にとっては、今まで考えることもなかった、ある意味で大人の不気味さではないだろうか。知らなければともかく、知ってしまった以上、自分も素知らぬ顔をして、これまでのように生きていけるのかと、さらに混乱し悩みを深めるだろうと、銕之丞には思えるのである。

「だからな、民さん。わたしは叔父として、でき得るかぎり市蔵の力になってやるつもりだ。だが、心が千々に乱れているであろう今は、そっとしておいてやりたいのだよ」

「ごめんなさい。銕之丞さんがそこまで深くお考えだとは思いもしないで、わがままを言ってしまいました」

市蔵は年齢の割にはしっかりしているとはいっても、まだまだ幼い。もっと経験を積んで二十歳くらいになれば、せめて元服をすませ、ある程度自覚のできたころなら、もう少し視野も広くなるだろう。多少の判断力がついてからなら、今の状況について割り切るとか、居直るとか、すべてを受け容れた上で毅然《きぜん》と生きていくことも可能かもしれない。だが現時点でそのような芸当が、できるとは考えにくい。

市蔵が生きてきた世界は非常に狭いが、居心地はよかったはずである。強くて男らしい父、やさしい母、弟子たちも自分を大切にしてくれる。可愛い弟だけでなく、妹も生まれた。剣も学べるし、仔犬も飼わせてもらっている。不安も心配も感じることのない、極楽にも似た世界であっただろう。

ところが事実を知ってしまった今となっては、極楽のような世界を、逆に、逃れようのない檻《おり》のように感じているかもしれない。

「だからわたしは思ったのだ。一度、極楽なり檻なりから外に出て、改めて見直すことができれば、極楽が極楽とばかり言い切れず、檻もまた自分を閉じこめるだけのものではない、ということがわかるかもしれないとね」

夫の目を見詰めながら考えをまとめていたようだが、やがてこくりとうなずくと、民恵は笑みを浮かべた。

「わかりました、松本ですね」

「できれば市蔵には、今のままでいながら解決してもらいたい。だが、それがむりな場合は、一時的に身を寄せる場所を、用意しておいてやりたいと思うのだ。そのときには、先生とも相談しなければならないがね。だから松本に頼んでみようと思うのだが、やはり迷惑だろうな」

「いえ、そんなことはありません。と申しますか、よくお気づきになられました。あそこほど、ふさわしい所はありませんよ」

園瀬の里に入るには、イロハ峠越えと般若峠越え、そして北の番所からと、三つの経路がある。巨大な蹄鉄《ていてつ》にも似た大堤が花房川を押しやり、内側に豊かな水田を抱えているが、北の番所はその堤防の末端、城山の背後、広大な並木の馬場のさらにその先にあった。

便利なのは般若峠越えだが、藩士や領民は浪速から松島港に上陸し、イロハ峠を越えて細長い蛇ヶ谷の盆地を抜けて北進する道を選ぶ。そうすれば、他藩の領内を通らなくてもすむからだ。

般若峠からの街道にぶつかって西に進路を変え、花房川に架けられた高橋を渡る。そして番所で手続きをすませ、ようやく園瀬の里に入るのであった。

蛇ヶ谷の盆地のほぼ中央、東寄りに屋敷を構えた松本は、代々、文人や芸人に宿と食事を提供するのと引き換えに、さまざまなものを享受《きょうじゅ》していた。京大坂や江戸、さらには各地の情報を得、学問の教授を受け、芸能を楽しんできたのである。当然、相手に応じて謝礼や祝儀を渡していた。

父祖の代から受け容れていたので、園瀬に来る文人や芸人はだれもが松本を頼っきた。文人には城下の分限者を紹介し、芸人には興行が打てるように有力者を世話してきた。

歌舞伎や人形芝居の一座、噺家《はなしか》や手妻師らの芸人、武芸者、絵師、本草学者、売薬行商人など、実に多士済々であった。中でも多かったのが、俳諧師《はいかいし》と狂歌師である。

俳諧師が逗留《とうりゅう》すると句の手ほどきを受け、発句集をもらったりもするので、松本の家の者は俳諧には堪能であった。作蔵は父の跡を継いで句会の宗匠《そうしょう》もしていたが、その句会は園瀬の里でも、もっとも質の高い句会として知られている。

句会では日常の地位や身分に関係なくだれもが平等で、俳名で呼びあっていた。能力さえあれば認められるが、ある程度の教養がなければならないので、百姓なら庄屋、名主、世話役、商家では旦那、大番頭、隠居、職人は棟梁《とうりょう》、武士も中から上にかぎられることになる。あとは僧侶や神主などであった。

毎回、持ち廻りで世話役となり、ときには吟行《ぎんこう》もおこなう。知識だけでなく、時間的金銭的に余裕がなければ同人になることはむりだが、その条件さえ満たせば全員が平等であった。

そんな世界があるとは、市蔵は想像もできないだろう。

「道場付きのお屋敷と、一日置きの藩校しか知らず、接する人もかぎられている市蔵どのは、さぞや驚くことでしょうね」

「だろうな」

「驚きますよ。松本に引き取られたとき、わたしは目を廻しそうなくらい驚きましたもの。なぜなら組屋敷と寺子屋しか、知りませんでしたから」

「驚いたほうがいいのだ、市蔵は。世の中にはいろいろな仕事があり、さまざまな人がいて、それぞれ考えや生きざまもちがうということを、な。そうすれば、自分の悩みなど、ちっぽけな、取るに足らないものだと気付くかもしれん」

「そうなってもらいたいですね」

銕之丞と民恵が、蛇ヶ谷の松本に彦太郎の顔を見せに行ったのは、それから二日のちであった。

民恵と彦太郎を残して、銕之丞は丈谷寺に向かった。民恵も同道したいと言ったが、作蔵夫妻が彦太郎を離さなかったし、弟妹と言ってもいい作蔵の子供たちが、民恵にまとわり付いたからである。

「あいさつだけだから」

そう言って銕之丞は松本を出た。

市蔵は丈谷寺にはまだ来ていなかった。彦蔵の墓を知らないので、来れば和尚か寺男に訊くはずである。

　銕之丞は徹宗和尚に、源太夫の養子となった市蔵が、立川彦蔵の墓参に来るかもしれないので、そのときはよろしくとだけ頼み、それ以上の話はいっさいしなかった。源太夫が市蔵を引き取ったことを、徹宗がすでに知っていたからである。

　松本の屋敷にもどった銕之丞は、作蔵には詳しく打ち明けた。そして、場合によっては市蔵を、しばらく手許に置いてもらいたいと頼んだ。作蔵は、銕之丞と民恵の甥なら喜んで、と快諾してくれた。

　銕之丞は当番と非番にかかわらず道場に顔を出しているので、市蔵については今まで以上に注意していた。しかし、これといった変化は見られなかった。源太夫とみつ、そして幸司にも、さらには権助や弟子たちも、それまでとなんら変わるところはない。とすれば銕之丞も、自然にさり気なく接すべきだと判断した。

　案ずるほどでもなかったのだと思って安心したころから、市蔵に変化が現れ、道場からいなくなることが多くなった。独りでぼんやりとしていることもあったし、そうかと思うと急にはしゃぐなど、感情の揺れが激しくなったように感じられた。

　それでも源太夫とみつは平然としているので、銕之丞としては引き続きようすを見るしかなかった。

そして遂に市蔵は、道場からも母屋からも姿を消したのである。

翌日も居ないようであれば、松本に預けることを源太夫に提案しようと、銕之丞は心を決めた。

七

般若峠へ登る道のかなり手前で左に折れ、北に行った所にその集落はあった。目指す家は村外れの一軒で、何町か先にはうそヶ淵がある。榎《えのき》の巨木の根方近くに川獺《かわうそ》が巣をかけているのが、淵の名の由来だ。大喰らいの川獺の巣があるくらいだから魚影は濃く、城下から離れているにもかかわらず、釣りに訪れる藩士も多い。

聳《そび》え立つ榎に向かって歩いて行くと、やがて百姓家が見えてきた。藁葺家《わらぶきや》は北と西を樹木で護られていたが、よく見ると柿、蜜柑、栗、枇杷《びわ》、無花果《いちじく》などの果樹であった。季節ごとに、さまざまな果実を食べられるようにしているのだろう。

陽射しをいっぱいに受けた庭先に筵《ござ》を敷き、そこに坐って女が仕事をしている。陽を避けるために、手拭いを姉さんかぶりにしていた。

庭では猩々《しょうじょう》茶と呼ばれる赤褐色の鶏が、地面を蹴りながら餌を漁っている。近在のたいていの百姓家では鶏を飼っているが、餌は与えてはいなかった。こぼれた穀粒や草の種などが豊富なので、わざわざ与えるまでもないからだ。昼間は放し飼いにして、外出時や夜だけ小舎に入れるのである。

コッコッコという啼声が聞こえるまで近付くと、女がなにをしているのかわかった。目籠に山のように盛った柿の皮を剝いているのだ。実が縦長なところを見ると、吊るし柿にして渋を抜くのだろう。板の上には、剝き終わった実が並べてある。

「精が出ますな」

顔をあげた女はじっと権助を見たが、黙ったままであった。下膨れした顔の、大柄な女である。

あのときは寡婦であったが、いまだに独り身かどうかはわからない。市蔵とおない年の息子がいるので、みつとおなじか、あるいはもっと若いかもしれなかった。空閨《くうけい》を保つのは辛いだろうと思われた。

「もう五年になりますかな。その節はお世話になりまして」

相変わらず訝《いぶか》しい顔の女に、いかにも好々爺《こうこうや》という笑顔で権助は続けた。

「岩倉道場の権助です。また、うちの市蔵若がお世話になっているそうで」

市蔵が亀吉《かめきち》に逢いに来たのは、おそらくまちがいないだろうとは思っていたが、確信があったわけではない。権助は来る途中で買った菓子の折を差し出しながら、少し考える振りをしてから言った。

「亀吉さんでしたか、お子さんは。ずいぶんとおおきくなられたでしょうな」

「あ、あ、あ」と区切りながら女は言ったが、ようやく思いだしたようである。「あんとき、道場《どうじょ》の奥さんといっしょにおいでた」

「ええ、あんときの権助です」

「市《い》っちゃん」と言ってから、女はあわてて言いなおした。「市蔵若さんがな、亀《かめ》といっしょにな、柿を取ってくれて」

そう言って、女は目籠の柿を顎で示した。橙《だいだい》色よりいくらか黄味が勝った柿の実は、艶々と光り輝いている。

やはり市蔵は来ていた。行くとすればここしかないだろうとは思っていたが、それがまちがいなかったことがわかり、権助は胸を撫でおろした。だが、たいへんなのはこのあとだと、気を引き締めることも忘れなかった。

秋の澄み切った大気の中で、柿の木に登っている市蔵の姿が目に浮かんだ。太い枝の上でいっぱいに足を拡げ、手を伸ばし切って実を捥《も》いでいるとき、かれは日常の悩みを忘れることができただろうか。そう思うと、たまらぬほど痛ましく感じられた。

「で、今はどこに」

「さあな。淵にでも、行っきょったんちゃうで」

「淵というと、うそヶ淵で」

「ほうやな。多分な」

「では、淵に行ってみますので、市蔵若が先にもどりましたら、権助が来たので、どこにも行かんようにと」

「ほなに言《ゆ》うときます」

その受け答えのあいだ、女は柿を剝く手を休めようとはしなかった。

権助は礼を述べて、百姓家をあとにした。

用水の先には花房川があるので、用水に沿って歩いて行った。流れにかれの影が落ちると、小魚がさっと散るのが見えた。

「もう五年になるのか」

自分から農婦にそう言っておきながら、権助は思わず声に出した。

武尾福太郎《ぶおふくたろう》と名乗る浪人が、岩倉道場の食客となったことがある。旅籠《はたご》で枕探しに遭って有金を盗られたので、薪《まき》割りでも拭き掃除でもするから、しばらく置いてもらえないだろうかと頼みこんだのであった。源太夫は快諾し、仕事はさせずに客分として遇した。

武尾はやがて釣りに出かけるようになり、そのうちに市蔵がかれに従うようになった。しばらくは釣りに出るか、鶏合わせ（闘鶏）を見学する日々が続いた。

しかし武尾は遂に本性を現し、源太夫の秘剣「蹴殺し」と、かれが編み出した「梟《ふくろう》の目」との、果たしあいを挑んだのである。それを拒否すると、市蔵を人質に取ってふたたび迫ったのであった。

源太夫としては受けるしかない。

そのおり権助は、果たしあいに応じぬように、源太夫を説得しようとした。応じないと市蔵が殺されるとなれば、受けぬ訳にはいかぬと源太夫は言ったが、そうなってから受ければいい、と権助は言ったのである。

幸司は実の子だが、市蔵に血のつながりはない。今は仲がよくても、二人がともに成人すれば悶着《もんちゃく》が起きないともかぎらないので、禍根《かこん》を残さぬようにとの、主家を思う気持から訴えたのだ。だが、それでは武士の一分が立たぬとのみつの言葉に、権助は引きさがるしかなかった。

自分の生死にかかわらず、市蔵は決められた時刻にお渡しするとの武尾の誓いを容れ、源太夫は果たしあいに臨み、蹴殺しで倒したのである。

約束の五ツ（午前八時）、待ち受けるみつと権助のところに、女が市蔵を連れて来た。それが例の寡婦であった。

みつはすばやく市蔵の体を検《あらた》め、傷ひとつないのを確かめた。繰り返し頭を撫で、頰を撫で、体中を擦り続けてわれに返ったとき、女の姿はなかった。

満足に礼も言えなかったことが人として恥ずかしいと、みつは自分を責めたが、市蔵が家を覚えていたのである。翌日、市蔵をおぶった権助とともに、みつは寡婦の家を訪れたのであった。

その後の源太夫夫妻の、市蔵と幸司に対する分け隔てのなさに接して、権助は改めて二人に心服したのである。そして心配が取り越し苦労であるようにとねがい、市蔵に対する考えも改めたのであった。だが、不安がいつか現前するのではないかと、心の奥深いところで燻《くすぶ》り続けるのを感じてもいた。

その思いが膨らむのを、権助はどうすることもできなかった。

市蔵は淵を見降ろす岩場ではなく、榎の巨樹の根方に亀吉と並んで腰をおろしていた。

権助の歩みが忍び足になったのは、うなだれた市蔵の肩に手を置いた亀吉が、しきりと慰《なぐさ》めているように見えたからである。権助はさらに慎重に、音を立てぬように注意しながら忍び寄った。

榎の幹は大人三人でも抱えきれぬほど太いので、権助は市蔵と亀吉が坐った反対側に、巨樹に凭《もた》れかかるようにして腰をおろした。地上に出た根がごつごつと痛いため、何度か尻の位置を動かして、安定した場所を探さねばならなかった。

権助は耳を澄ました。目は少し霞《かす》むようになっていたが、耳はさほど衰えてはいなかったのである。

「ほうか。ほうゆうことがあったんか」

「ああ。……どうしたらええか、ようわからん」

権助は思わず顔をあげたが、なぜなら市蔵の言葉と訛《なま》りが、ほとんど土地のものになっていたからだ。前の日に出掛けてもどらなかったが、たった一昼夜しか経っていないのである。

子供は染まるのが早いといっても、それほど急に身に付くとは思えない。権助や源太夫たちが知らないだけで、けっこうこの集落に遊びに来て、亀吉と逢っていたのだろうか。

「わいにもわからん」

「冷たいなあ」

「ほなって、わいは百姓やけん、侍のことはようわからんもん」

「亀ちゃん、憎めるか？」

「だれを？」

「おとうの敵《かたき》やぞ、憎いやろう言われても」

「だれに言われたん？」

「道場の、お弟子さん」

やはり危惧《きぐ》していたとおりで、権助は臍《ほぞ》を噛む思いであった。然《しか》るべきときが至れば源太夫が話すはずだが、それ以前に市蔵が知ることがあるとすれば、弟子のだれかの告げ口だろうと、それを密かに心配していたのである。

「わしは父上、……おとうが殺されたとき、三つやったけん、なんも覚えとらん」

当然だろう。満年齢では二歳である。わずかな断片でも記憶しておれば、まだいいほうだ。

「わしが憎んどらんとわかって、お弟子さんはこう言《ゆ》うた。相手がどうであろうと、親の敵を討つんが武士の務めや。それができなんだら、武士やないって」

「市っちゃん」

「なに」

「むりに百姓みたいに喋らんでも、ええど」

「なんで」

「ほなっておかしいもん。笑いそうになる。まじめな話をしとんに、笑《わろ》うたら、腹立つやろ」

「亀ちゃんなら、笑うてもええ」

「ほうゆう話では、ないんやけんどな。わいが侍言葉で言うたら、市っちゃん笑うだろ」

「ほら、笑う」

「ほれといっしょじゃ」

「そうか。だったら普通に話すようにする。正直に言うと、調子をあわせるのは、思ったほど楽ではなかった」

亀吉の弾けるような笑いに、市蔵が同調してしばらく笑いが続いたが、それがぴたりと止んだ。まだ幼いと言ってもいい二人の少年が、吹き出しそうになるのを堪《こら》えているさまが目に浮かんで、権助は思わず顔を綻《ほころ》ばせた。

だが次の言葉で、笑いは一瞬にして強張った。

「わしの父上を斬ったのは、今の父上だそうだ」

亀吉は絶句したらしいが、突然言われて、意味を理解できなかったのだろう。

ややあって、おおきな溜息とともに亀吉が言った。

「道場の先生《せんせ》が、か？」

市蔵は無言でうなずいたらしいが、亀吉が先をうながしたようだ。それだけの間があった。やがて市蔵が言った。

「それも上意討ちだった」

「なんなんな、ほれは？」

弱々しく市蔵は笑ったようである。

「銕之丞さんが言ってたように、ややこしくて、こんがらがってしまうな」

あまりの衝撃に、権助は眩暈《めまい》が起きそうな気がした。すぐには信じられない。まさか狭間銕之丞が、源太夫の信頼の篤《あつ》い愛弟子《まなでし》が告げ口をしたというのか。

「銕之丞さんて、だれなんな？」

「ちょっと待ってくれ」

市蔵は実の父親を立川の父、育ての親である源太夫を岩倉の父、と区別して説明すると言ってから話し始めた。

「立川の父が上役、上のえらい人だな。その上役と母を斬って」

「母って、市っちゃんのおかあ、か？」

「うん。だけど、子供にはわからないだろうと、その辺のことはあまり話してはくれなんだ。上役を斬った立川の父は、その場で腹を切らねばならなかったのに、行方《ゆくえ》を晦ませた」

「逃げたんか」

「まあ、そういうことになる。そこで殿さまが怒って、立川の父を斬れと岩倉の父に命じた。それを上意討ちというそうだ。お弟子さんはな、詳しいことを知りたかったら、狭間銕之丞に訊け、と言った。銕之丞さんは、岩倉の父といっしょに、立川の父を斬りに行ったんだ」

「なんで、斬りに行かないかんの？」

「わしの母上が、……、あ、産みの母上だけど、ああ、ややこしい。その母上が、銕之丞さんの姉さんだったからだ」

「ほんまに、ややこしい」

「銕之丞さんはな、わしが訊いたので、しかたなく話してくれたんだ」

思わず溜息をつき、権助はあわてて口を押さえた。二人に聞かれなかったらしいとわかって、ほっとしたあまり、さらにおおきな溜息をつきそうになって、焦ってしまった。

やはり市蔵は知ってしまったのだ。実の父の死と、それについてのあれこれを知れば、変にならないほうがおかしい。

「ほうなると、そのテッなんとかはんは」

亀吉はそこで考えてでもいるらしく、言い淀んだ。黙ったままなので、市蔵が助け船を出すように言った。

「銕之丞さんだ。母上の弟だから、わしの叔父さんになる」

亀吉がくすくすと笑い始めた。

「急にでけた叔父さんか？　あとから急に」

笑いはしばらく続いたが、尻すぼみにちいさくなった。理由はすぐにわかった。

「亀ちゃん、わしは親の敵を、討たなければならないのだろうか」

「ほんなこと、訊かれても」

「顔も覚えていない立川の父のために、育ててくれた岩倉の父を、殺さなければならないのだろうか。敵だから、岩倉の父を憎まなければならないのだろうか」

権助の頰を涙が一筋、じわじわと、そしてゆっくりと流れていった。どこにも居場所がなくなったと感じ、何年もまえに、武尾に連れられていっしょに遊んだだけの亀吉に、打ち明けねばならなかったとすると、あまりにも不憫《ふびん》ではないか。

「父は、岩倉の父は、わしを実の子として育ててくれた。これからもそうだと思う。弟の幸司が生まれたけれど、喧嘩《けんか》をすると、叱られるのはかならず幸司のほうなんだ」

岩倉家は長男の修一郎が継ぎ、源太夫は別家として道場を構えた。そのため実際の長男は修一郎だが、形の上では市蔵が長男、幸司が次男となる。

武家では跡継ぎは絶対なので、兄弟が争えば、理由の如何《いかん》にかかわらず、弟が叱責された。源太夫とみつは子供たちを等しく扱っていたが、その点に関してだけは、通例を守っていたのである。

もっとも、道場を継がせるとなると、話はちがってくる。市蔵、あるいは幸司が継ぐとはかぎらない。高弟のだれかが継ぐ可能性もある。要は剣の力量と人間性、弟子たちの支持のあるなしによるのだ。

「父と母に育てられ、道場では父に剣の教えを受けている。父に剣を習い、修行し続け、父に勝てるようになったら、敵討ちをするのか。そんな卑怯《ひきょう》なことはできない。では、敵だとわかった今、勝負を挑まなければ武士ではないのか」

「侍っちゅうもんは、威張っとったらええと思とったけんど、それなりに、たいへんなんやなあ」

「わしは父上を立派な人だと思っている。思っているだけでなくて、……大好きなんだ」

権助は堪《こら》えに堪えていたが、年寄って涙もろくなっていたこともある。手拭いで鼻と口を押さえて耐えていたものの、どうにも我慢ができなくなり、遂には泣き声を洩らしてしまった。いや、洩らしたなどという生易《なまやさ》しいものではない。抑えに抑えていただけに、その箍《たが》が外れると、爆発したような号泣となったのである。

八

市蔵と亀吉は脱兎《だっと》のごとく駆け出したが、十歩も行かぬうちに急停止した。逃げはしたものの、なにか変だと感じたのだろう。

二人は恐る恐る振り返ったが、目は真ん丸に見開かれていた。その目が見たものは、右手の手拭いで口許を押さえ、反対の手を榎の幹に突いて体を支えた、顔中泣き腫《は》らした老爺であった。

「権助！」

「市蔵若……」

言うなり権助は、へなへなとしゃがみこんでしまった。顔を真っ赤にした市蔵は、目を怒らせて権助を睨み付けた。

「おまえ、盗み聞きしていたのだな」

「申し訳ありません。聞くつもりはなかったのです。どうか許してください。若さま、どうか」

「わしが、わしがどれほど……。馬鹿、権助の大馬鹿野郎！」

「どうか、どうかお許しを」

「市っちゃん、それ、おかしい」

亀吉の言葉に、市蔵はきっとなった。

「おかしい？　なにがおかしいんだ」

「この人は謝っとる。ほれに、聞くつもりはなかったと言うとる」

「だが、聞いたんだ」

「ほなけん、謝った。ほれなのに、呶鳴《どな》り付けるんは、男らしいない。侍らしいない」

市蔵は言葉に詰まったが、同時に、いくら言っても亀吉には理解してもらえない、ということがわかったようだ。

「ほれに、なにがあっても、この人、……権助はんは、人に言い付けたりはせん」

ますます絶望的になった市蔵は、足もとの礫《こいし》を拾うと力任せに投げた。だが、どこに落ちたものか、音はしなかった。

そんなことはわかっている。ちがうのだ。盗み聞きしたとか、聞くつもりはなかったとの弁解に、腹を立てているのではない。権助が他人には絶対に話さないことも、亀吉以上にわかっている。そんなことは、わかり切っているのだ。

ちがう！

下男に自分の弱い部分、迷ったり、くよくよしている、男らしくない、侍の子らしくないみっともないところを、一番知られたくないことを知られたのが、口惜しいのである。

亀吉なんかに話すのではなかったと、市蔵はつくづく後悔した。打ち明けたときには、胸のもやもやが消えたような気がしたが、それはただの錯覚にすぎないのがわかった。

問題は自分でなんとかしないかぎり、絶対に解決しないのだ。自分で考え、よくよく考えて、考え抜いて決めなければ、どうにもなりはしないのだ。自分には甘えがあった。恥ずかしいのは、そっちのほうだ。

そのとき市蔵は、それまで感じたことのない、奇妙な感覚に捕らえられた。

目のまえの景色が、ゆっくりと褪《たいしょく》色してゆこうとしている。緩慢にではあるが、確実に色が喪われて行くのがわかった。そして、ついにはすべての色が消えてしまったのである。

緑から青、群青《ぐんじょう》、紺、藍色と、深さや場所によって色を変える淵の水も、水底の砂の色も、銀鱗をきらめかせる魚たちも、対岸の真竹の林、花茨の群落、空の青、浮かぶ雲、それらから色が消えて行き、灰色の濃淡と、明暗だけの世界になってしまった。

時間が止まり、音も消えてしまった。自分が壊れた、あるいは壊れかかっているからではないだろうかと、そんな不安が心を支配していくようで、息苦しくてならない。ああ、自分はどうかしてしまうのではないだろうか。

そのとき不意に、鮮明で澄み切った、きらきらと輝くような音がした。目のまえの水面で魚が跳ねたのだ。魚が水に落ちると、同心円の輪が拡がって行く。輪の拡がりと同時に、それにあわせて色の輪も拡がって行った。

四囲が急激に色を取りもどし、と思う間もなく、すべての色が強烈に光輝を放ち始めた。つい最前まで見ていたのとは、物の形はおなじなのに、何層倍もあざやかな色が世界をおおい尽くしていた。

瘧《おこり》が落ちたように、市蔵の全身から強張りが消えた。顔色が白く、やわらかくなった。

「権助、すまなかった。許してくれ」

市蔵の突然の変貌に、下男はおろおろ顔になった。

「市蔵若さま、許してくれだなんて、もったいない」

「亀ちゃん、ありがとう。よく言ってくれた」

「いやいやいや」

亀吉は思いもかけず礼を言われて、とまどいながらしきりに頭を掻いた。

「権助、腹が減った。おまえのことだから、抜かりはないだろう」

「ええ、ええ。そりゃ、もう」

権助は謡曲の翁《おきな》のように、満面を笑い皺だらけにすると、胸まえで結んだ紐を解いて、背負網《しょいあみ》をおろした。筍皮《たけのこがわ》で包んで、二箇所を紐で縛った握り飯の包みが、三つ入れられていた。

続いて、腰帯に根付を付けて挟んだ紐を抜いた。竹筒の水筒である。

「亀ちゃん、でしたな。おっかさんもいっしょのほうが」

「おかあは平気《へえき》じゃ。その辺にあるもんで、いつもなんとか食べよるけん。ほれより話もあるし、ここは男だけで」

こまっしゃくれた餓鬼《がき》だとは思っても、権助はそんなことは曖気《おくび》にも出さない。にこりと笑う。

「男だけとはまた粋なことで、とすると、爺《じい》も男のうちということですかな」

最初の包みの紐を解いて筍の皮を拡げると、権助はまず市蔵に差し出した。それから亀吉、残った一個を自分が取った。

ピーヒョロ、と笛のように甲高い声で鳥が啼く。三人が同時に空を見あげると、鳶《とび》が鷹揚《おうよう》に舞っていた。

晴れあがった秋の日の昼どきである。山の斜面を風が吹きあがっているのだろう、鳶は一度も羽ばたくことなく、螺旋《らせん》を描きながら上昇し、次第にちいさくなっていった。地上で見ているよりもずっと、気流に勢いがあるらしい。

権助は水筒の栓を抜くと、筒よりひと回りちいさな竹製の湯吞みに注いだ。

「茶ですよ。ただし、湯吞みは一つしかありませんので、交替で使ってもらわねばなりません」

ご飯の匂いに腹が派手に鳴ったので、権助や亀吉と顔を見あわせて大声で笑った。

市蔵は握り飯にかぶりついたが、ひと口だけ嚙み取り、しばらくそのままで、咀嚼《そしゃく》しなかった。なんともいえぬ塩加減であったが、それよりも、自分のために握ってくれた、母の姿が浮かんで、涙が滲みそうになった。

母は自分のために心を籠めて握ってくれたのに、自分はそんなことは考えもしなかったのだ。

父も母も自分を見守り、自分のことを心配してくれているのに、自分は自分のことだけしか考えていなかった。いや、考えているつもりで、考えてはいなかったのだ。

まず、父と母に謝ろう。そしてもっと広い目、広い心で世の中を見られるように、学問にも励まなくてはならない。

そうだ、剣だけではだめなのだ。剣の世界も突き詰めて、ある一線を超えると、普通の人には見えないべつの世界が見えるという。だが、それにも限度があるのではないだろうか。

だからこそ、大村圭二郎は剣よりも心の道を選んだのだ。

圭二郎の父は、公金横領の罪で切腹させられた。お家断絶にこそならなかったが、百石を四分の一の二十五石に減らされ、家族は門構えのある屋敷から組屋敷に移された。

しかしそれが冤罪《えんざい》で、罪を着せられた上に斬り殺されたことがわかったのである。圭二郎は岩倉道場に住みこんで源太夫の特訓を受け、見事に父の敵を討ち果たした。源太夫以外には勝てないだろうと言われた相手を倒したのに、父だけでなく敵の霊を弔《とむら》いたいと、正願寺の恵海和尚のもとで得度《とくど》して僧となったのである。

藩主から、微禄ではあっても別家を建てることを許されながら、圭二郎は僧恵山《えざん》になった。まったくの謎だと、多くの者が理解できないでいた。二人の師範代を超え、師匠に迫るとまで言われ、軍鶏侍が異名の源太夫に対し、若軍鶏と呼ばれていたのに、である。

圭二郎は剣よりも大事なものがある、それは心だと悟り、恵山になったにちがいない、と市蔵は思った。そうだ、かれを訪ねていろいろと教えてもらおう。いや、恵山だけでなく、できるかぎりたくさんの人に逢って、もっともっと多くのことを知りたい。

父は名の知られた剣豪なのに、思いがけぬほど本を読んでいる。べつの世界を知っているからこそ、剣でも抜きん出ることができたのだろう。だから、正願寺の恵海和尚や丈谷寺の徹宗和尚、若くして次席家老となった九頭目一亀、藩校千秋館の責任者である池田盤晴、そのほかの多くの人と、対等に語りあうことができるのだ。

ああ、もっとちがう世界を見たい。考えが異なり、とんでもない知識を持った人とも巡り逢いたい。

そして、そして、そして……。

岩倉市蔵にしかできないことに取り組みたいのだ。そのために身分が邪魔になるなら、武家など捨ててもいい。

市蔵は久し振りに、満ち足りた思いを味わっていた。

母みつが心を籠めて作ってくれた握り飯を食べ、腹が満たされたためもあるのだろう。だが、眼前の景色から完全に色が失われ、何層倍ものあざやかさで蘇《よみがえ》った、あの信じられぬような体験で自分が浄化されたことを、理屈ではなく全身で、魂の奥深いところで感じていた。

「権助、すまんが一足先に帰ってくれ」

「えッ、ごいっしょではないので」

「心配するな。一刻か一刻半したらもどる」

うなずきはしたものの、権助は不安そうな顔をしていた。

「父上と母上には自分で謝るので、そのまえに権助から次のことを伝えてもらいたいのだ。まず、お弟子さんの一人から、立川の父の死について知りたかったら、狭間銕之丞に訊けと言われたこと。次に、銕之丞どのに逢って教えてもらい、二人が叔父と甥だと知ったこと。それから、いろいろとご心配をおかけしたが、昨日今日と一人で考えて、自分なりに納得できたので、今後は心配や迷惑をおかけすることはない、と」

「はあ、かしこまりましたが」

「自分から話すと、言訳ばかりしているようになってみっともないから、権助に頼むのだよ」

じっと市蔵を見ていた権助が、しみじみと言った。

「若、市蔵若さま。遂に水から出られましたな」

権助の言った意味がわからなかったのだろう、市蔵はしばし考えてから首を傾げた。

「ヤゴですよ、ヤゴ。土色をした汚い虫けらが、水から出て、水草の茎や石垣を攀《よ》じ登り、やがてトンボになって、青空に飛び立ちます。市蔵若は遂に、水から出られたのです」

「とんでもないよ、権助。それにヤゴだとしても、やっと卵から孵《かえ》ったばかりだ。水の中だけしか知らず、泥の中を這《は》い廻っている。水の外にべつの世界があるなんて、さらには青空があるなんて知りもしない。もし知っていたとしても、ヤゴの分際で、そんなことは望みもしない」

「ということは、若はすでにご存じなのです」

「そんなことより、そろそろ帰らなければ、父上と母上が心配される。くだらんことを言っていると、伝えなければならないことを、忘れてしまうぞ」

言われた権助は天を睨んで三白眼になり、右手の指を折っていたが、やがてにこりと笑った。

「大丈夫です」

「では、頼んだ」

権助は亀吉に笑い掛けると、市蔵に改めて頭をさげ、踵《きびす》を返した。その足取りは、まるで雀躍《こおどり》するようであった。市蔵が、わずかな期間で何層倍にもおおきくなったことを実感し、これで安心だと確信できたからだろう。

ところが五、六間ほど行くと、下男は立ち止まってしまった。ひと呼吸、ふた呼吸、さらにもうひと呼吸すると、得心した顔になって権助は歩き始めた。

おなじようなことがあったのを、不意に思いだしたのである。

大村圭二郎のときと、そっくりであった。

圭二郎は権助といっしょに、ひと夏かけて藤《ふじ》ヶ淵の巨鯉を餌付けした。そして豪雨の中で見事に釣りあげながら、釣り落としてしまったのである。

その体験が、圭二郎をひと廻りもふた廻りもおおきくした。権助は源太夫に、しみじみと言ったものである、「ゆっくりと若者になってゆく者もいれば、一日でなる者もいるのですね」、と。

その年、圭二郎は十一歳であったが、市蔵はまだ九歳である。圭二郎があれだけの飛躍を示したことを考えると、市蔵におなじことがあったとしても、なんのふしぎはない。

その思いが、権助の頬をゆるみっぱなしにしていた。

藁葺の農家が見えてきた。権助は寡婦に、市蔵と亀吉がうそヶ淵にいることを伝え、礼を述べておこうと思った。

目籠一杯だった柿はすでに剝き終わり、寡婦が柿の実を等間隔に紐に結んでいた。

軒下の竹竿には、すでに何連もの紐が吊りさげられている。

紐に結ばれて連なる柿の実が、黄金色に輝いていた。

一〇〇字書評

水を出る

切・り・取・り・線

購買動機（新聞、雑誌名を記入するか、あるいは○をつけてください）

□（　　　　　　　　　　　　　　　）の広告を見て
□（　　　　　　　　　　　　　　　）の書評を見て
□ 知人のすすめで　　□ タイトルに惹かれて
□ カバーが良かったから　　□ 内容が面白そうだから
□ 好きな作家だから　　□ 好きな分野の本だから

・最近、最も感銘を受けた作品名をお書き下さい

・あなたのお好きな作家名をお書き下さい

・その他、ご要望がありましたらお書き下さい

住所	〒				
氏名		職業		年齢	
Eメール	※携帯には配信できません		新刊情報等のメール配信を 希望する・しない		

この本の感想を、編集部までお寄せいただけたらありがたく存じます。今後の企画の参考にさせていただきます。Eメールでも結構です。

いただいた「一〇〇字書評」は、新聞・雑誌等に紹介させていただくことがあります。その場合はお礼として特製図書カードを差し上げます。

前ページの原稿用紙に書評をお書きの上、切り取り、左記までお送り下さい。宛先の住所は不要です。

なお、ご記入いただいたお名前、ご住所等は、書評紹介の事前了解、謝礼のお届けのためだけに利用し、そのほかの目的のために利用することはありません。

〒一〇一ー八七〇一
祥伝社文庫編集長　坂口芳和
電話　〇三（三二六五）二〇八〇

祥伝社ホームページの「ブックレビュー」からも、書き込めます。

http://www.shodensha.co.jp/bookreview/

祥伝社文庫

水《みず》を出《で》る　軍鶏《しやも》侍《ざむらい》

平成25年10月20日　初版第1刷発行

著　者　野口《のぐち》卓《たく》

発行者　竹内和芳

発行所　祥伝社《しようでんしや》
東京都千代田区神田神保町3-3
〒101-8701
電話　03（3265）2081（販売部）
電話　03（3265）2080（編集部）
電話　03（3265）3622（業務部）
http://www.shodensha.co.jp/

印刷所　堀内印刷
製本所　ナショナル製本
カバーフォーマットデザイン　中原達治

ISBN978-4-396-33885-5 C0193

祥伝社文庫　今月の新刊

樋口毅宏　民宿雪国
ある国民的画家の死から始まる、小説界を震撼させた大問題作。

南 英男　暴発　警視庁迷宮捜査班
違法捜査を厭わない男と元マル暴の、最強のコンビ、登場！

安達 瑶　殺しの口づけ　悪漢《わる》刑事《デカ》
男を狂わせる、魔性の唇——陰に潜む謎の美女の正体は!?

浜田文人　欲望　探偵・かまわれ玲人《れいじ》
果てなき権力欲。永田町の〝えげつない〟闘争を抉る！

門田泰明　半斬《はんざん》ノ蝶《ちょう》　下　浮世絵宗次日月抄
シリーズ史上最興奮の衝撃。壮絶な終幕、悲しき別離——

辻堂 魁　春雷抄　風の市兵衛
六〇万部突破！　夫を、父を想う母子のため、市兵衛が奔る！

野口 卓　水を出る　軍鶏《しゃも》侍
導く道は、剣の強さのみあらず。成長と絆を精緻に描く傑作。

睦月影郎　蜜仕置《みっしおき》
亡き兄嫁に似た美しい女忍びが、祐之助に淫らな手ほどきを……

八神淳一　艶《つや》同心
へなちょこ同心と旗本の姫が人の弱みにつけこむ悪を斬る。

風野真知雄　喧嘩旗本　勝小吉《かつこきち》事件帖　新装版
江戸八百八町の怪事件を座敷牢の中から解決！

佐々木裕一　龍眼　隠れ御庭番・老骨伝兵衛
敵は吉宗！　元御庭番、今は風呂焚きの老忍者が再び立つ。